Juliette Lafonds

TRACES DE CRAIE

roman

© Rémanence, 2018

Collection Regards

Couverture et mise en pages : www.mapicha.fr

ISBN 979-10-93552-73-6

À ma petite L.

Presque rien.
Comme une piqûre d'insecte
qui vous semble d'abord très légère.
Du moins c'est ce que vous vous dites à voix basse
pour vous rassurer.
Patrick Modiano

I

AVANT

Steph m'a appelée pour me souhaiter bon courage. La veille, il a pris la petite chez lui comme j'avais besoin de solitude. Ils passeront la semaine ensemble. Un coup d'œil au miroir ; je trouve que cette teinture blonde me vieillit, à moins que ce ne soit ma nouvelle fonction qui me donne un air sévère. La trentaine approche, finie l'adulescence, et après tout, j'ai une gamine de deux ans. J'ai jeté mes baskets et mes derniers jeans aux ordures. Je ne me suis jamais sentie à l'aise dans les fringues d'ado, même quand j'avais quinze ans.

On m'a dit que face à des lycéens, il faut marquer la distance. Ça tient à des détails, la voix, la posture, les vêtements ; la coiffure. C'est bête. Mais à cet âge, on est sensible à ces détails. On m'a filé trois classes de seconde et une de première au lycée Baudelaire, et tout l'après-midi, j'ai lu les listes d'appel en essayant de retenir les noms. Il n'y a rien de plus con que d'accrocher le nom d'un élève, d'emblée, on livre une mauvaise impression. Les noms n'ont jamais été mon fort. Je ne les connais qu'après les premières vacances.

J'ai décidé que cette année beaucoup de choses allaient changer. Mon boulot deviendrait plus intéressant, avec des lycéens, on peut parler littérature. Je passerai au moins un an en leur compagnie. Après ? Mystère. Les charmes de la situation de TZR[1]… Et maintenant que je vis seule… je vis seule. C'est à la fois un soulagement et une difficulté. La séparation s'est bien passée, Madeleine ne semble pas en souffrir. C'est l'essentiel.

D'habitude, à cette heure-là, on dîne, mais je n'ai pas faim. Les élèves ne se doutent pas qu'avant la rentrée les profs sont aussi stressés qu'eux. Sinon plus. J'attaque avec les premières. Ils préparent le bac, c'est une sacrée responsabilité. Je me rappelle ; moi à l'époque du bac de français. J'étais travailleuse. Une élève studieuse. Je rêvais d'être à la place de ma prof, et j'y suis. Vingt-cinq noms à retenir rien que pour cette classe. Certains collègues vont sur les profils Facebook des gamins avant la rentrée pour voir à quoi ils ressemblent et se faire une idée des personnalités. C'est le même principe que de leur demander, sur la traditionnelle fiche de début d'année, ce que font leurs parents.

Je jette un coup d'œil à ma montre : minuit vingt. Demain, je me lève à six heures pour être prête à sept, je passe pas mal de temps dans la salle de bain, et j'ai peur d'être en retard. Je sais que j'arriverai une demi-heure à l'avance au lycée et que je vais me sentir con devant le portail à attendre qu'il s'ouvre, ou qu'un collègue arrive pour discuter. J'ai eu une impression favorable à la prérentrée. J'espère qu'elle ne sera pas démentie. Aller au lit ; comme ça me fait drôle de me coucher sans Steph, c'est la troisième nuit ; même séparés, on continuait à dormir ensemble par habitude, ou parce que c'était trop dur

---

1. Titulaire sur zone de remplacement : professeur titulaire de son poste qui est amené à changer régulièrement d'établissement ou dont le service est partagé sur plusieurs établissements.

de se retrouver chacun dans son coin, connement, dans le noir. Le lit est trop grand pour moi. Ça ne m'attriste pas, c'est juste un constat. Notre relation, ces derniers temps, a été une série de constats. Constat qu'on ne s'entendait plus, qu'on se tapait sur les nerfs, qu'on prenait Madeleine à partie, en bref, qu'on ne s'aimait plus. Minuit et demi, je résiste à l'envie de l'appeler, c'est la solution de facilité, qu'il dit. Et il a raison. On s'est promis qu'on n'utiliserait le portable qu'en cas d'urgence. SOS solitude, en quelque sorte.

À minuit trente-cinq, j'essaie de fermer les yeux, en pensant que dans moins de huit heures, je suis face à la classe. Forcément ça ne m'aide pas à lâcher prise. Je passe une nuit blanche, comme à chaque veille de rentrée.

Au bout de cinq ans de pratique, le premier jour me laisse toujours l'impression bizarre de faire un one woman show auquel personne n'applaudit. Après le mode détente des vacances, je me retrouve à distribuer des photocopies dans un silence tel que les mouches n'osent bourdonner, et ils se tiennent droits sur leurs chaises, sur la défensive, en se demandant si je serai aussi méchante que j'en ai l'air. Bien sûr que je le serai. Et j'ai envie de leur dire, j'ai le même sentiment que vous. Je me méfie de vous. Est-ce que vous serez aussi sages que vous en avez l'air ? Mais bon, tout le monde sait parfaitement que faire cours est une comédie, tellement artificielle le premier jour que même les élèves en ont conscience.

Je ne me souviens pas de grand-chose, si ce n'est que le portable d'une jeune fille a sonné. Je le lui ai rendu sévèrement, en disant que la prochaine fois, il finirait chez le proviseur. Elle a baissé la tête, « promis Madame, ça ne se reproduira plus», et j'ai pensé OK, la petite est mignonne. Pas la peine d'en rajouter. J'ai rejoint la salle des profs ; bilan, premier cours correct.

Je suis heureuse de voir que Steph m'a envoyé un message. Il veut savoir si je m'en suis sortie avec les lycéens, comme si dès le 4 septembre j'allais en coller trois ou quatre. Madeleine a pleuré cette nuit. Elle a réclamé maman. J'ai envie de pleurer aussi, je ne sais pas pourquoi ; Mad chérie, tu me manques. Je plante le collègue de bio qui me détaille les phénomènes de la classe ; j'ai besoin d'elle, Steph comprendra.

«Quoi, tu t'es tapé 20 bornes entre midi et deux juste pour lui faire un câlin ? Non mais tu es unique, vraiment u-nique… (qu'est ce que ça peut m'agacer, cette manie récente de disséquer les syllabes quand il est énervé), elle va très bien la petite ! Merci, je peux me débrouiller sans toi ! Pour quoi je passe auprès d'elle, maintenant ? Hein ?

– Tu ne vas pas me piquer une crise, j'ai envie d'embrasser ma fille, c'est un crime ? Et toi, toujours pas au boulot ?»

Steph est instit. Il a demandé un arrêt à cause d'un lumbago imaginaire et représente le prototype du prof haï du commun des mortels qui profite du système ; en attendant, ça m'évite de payer la nourrice. Ces maux imaginaires ont été l'une des nombreuses causes de notre rupture.

«Ben reste manger à la maison.

– C'était bien mon intention !»

Il nous fait la cuisine ; je prends Madeleine sur mes genoux, je respire son parfum de bébé. C'est agréable d'être servie. Le divorce a du bon ; avant, je me tapais toujours les repas.

«Et tu as quoi cette année ? Des secondes ?

– Oui. Deux classes de trente-cinq.

– Bon courage… Ma mère a téléphoné au fait, elle demande si tu peux passer avec Madeleine samedi après-midi. Moi je vais à l'enterrement de vie de garçon de Pierre.

– Samedi après-midi ? D'accord… De toute façon je crois que je n'ai pas le choix ?

– Pas vraiment, en effet. »

Je déteste la mère de Steph qui se croit tout permis. Elle a tenté d'élever Madeleine quand elle est née et serait parvenue à ses fins si je n'avais pas tenu bon. Steph se plaint de son lumbago. Ça fait la deuxième rentrée qu'il rate à cause de ça.

« Mais est-ce que tu joues la comédie ou est-ce que tu es persuadé d'avoir mal ?

– J'ai mal, il faut te le dire en quelle langue ? Toi, dès que ça concerne les autres… Crois-moi, j'aurais préféré retourner au boulot comme tout le monde plutôt que de faire la nourrice.

– On échange quand tu veux.

– OK, je te passe le mal de dos.

– Je veux bien, il est dans ta tête.

– Sarah ! »

Madeleine commence à pleurer. C'est elle qui a interrompu toutes nos crises en mode sirène d'alarme lorsque le ton montait.

« Je m'en vais. Il faut que je sois au lycée pour deux heures. Embrasse-moi, ma chérie. »

Madeleine plaque sa bouche baveuse contre ma joue.

« Merci pour le repas…

– Normal. La prochaine fois, évite de venir pour m'insulter… »

Nouveau hurlement de la petite ; je souris à Steph avant de partir, c'est étrange, autrefois on s'embrassait, maintenant on se sourit.

Mon collègue de bio me prévient, la seconde D est une catastrophe ; quatre redoublants, dont Pierre Pirandello, spécialiste de la pompe sur portable. On verra bien, je lui dis. Mais il semble avoir la science infuse et refuse que je me fasse moi-même mon avis. « Je te préviens, c'est tout », répond-il, piqué.

À l'instar des premières, les secondes D se tiennent sur la défensive ; le rituel reprend. Appel, mise au point sur l'emploi du temps, carton avec le prénom, fiche, présentation du programme, « il faudra beaucoup travailler cette année », et je me sens démotivée face aux trente-cinq têtes qui me fixent, qui attendent tout de moi, mieux vaut ne pas y penser. Le lendemain, ça sera la même chose pour les secondes B. Trente-cinq noms à retenir…

Leur prof principal m'a parlé d'une classe molle. Je ne les trouve pas plus endormis que les autres. Je répète les mêmes choses. Il me reste du temps, avec eux, pour entamer la première séance.

« Pour la semaine prochaine, vous avez acheté *Mme Bovary* de Flaubert.

– On l'a déjà lu en quatrième, Madame.

– Alors vous le relirez.

– On le connaît déjà, Madame.

– Tant mieux ; vous le relirez plus vite.

– On l'a lu deux fois, Madame.

– Vous le relirez une troisième fois. »

Ça va être une bataille, de leur faire aimer Emma Bovary. « Il y a trop de descriptions », « j'y comprends rien », « je me suis arrêté à la page 30 »… Des fois, j'aurais envie de répondre, mais on s'en fout, continuez, lisez, faîtes sa connaissance, bon sang. C'est un être de papier, qui a vécu au XIXe siècle, et alors ? Est-ce qu'elle ne mérite pas pour autant qu'on s'intéresse à elle, qu'on la considère ? Mais je dirai : « Je répondrai à ces questions plus tard. On prend l'incipit, première lecture analytique. »

Tirage de gueule général quand j'informe les premières qu'ils devront lire *Andromaque*. Un truc antique en vers qui parle de serpents sifflant sur les têtes, c'en est trop. Je leur lis l'ultime tirade d'Oreste, ça les laisse de marbre. Je suis dangereuse.

Une collègue me dit : « Mais tu es folle de faire *Andromaque* avec cette classe, tu es folle de faire *Andromaque* tout court. En première, on peut sortir un peu du XVIIe, pourquoi tu t'obstines avec Racine ? » On est toujours fou de faire quelque chose « avec cette classe ». Elle a eu quelques-uns de mes élèves l'an dernier et me prévient qu'il y a du niveau, entre Ostrevski qui lance des tubes de colle au plafond, Monier qui vient en touriste et les sœurs Bianco qu'on a renvoyées trois fois. Je m'inquiète.

« Oh, mais ne t'en fais pas… toutes les classes ont leur problème. »

Je pensais être débarrassée de ça au lycée… En rentrant chez moi, les vers de Racine me reviennent en mémoire :

Hé bien ! Filles d'enfer, vos mains sont-elles prêtes ?
Pour qui sont ces serpents qui sifflent sur vos têtes ?
À qui destinez-vous l'appareil qui vous suit ?
Voulez-vous m'enlever dans l'éternelle nuit ?

Et il y a des moments où certaines phrases résonnent tels des avertissements. J'ai cette sensation ce soir en poussant la porte de la maison et en me trouvant seule, si seule que j'ai envie d'appeler Steph. Je rejette un coup d'œil aux listes d'appel ; aucun visage à mettre sur ces noms, sauf celui des sœurs Bianco ; des jumelles, ça ne se loupe pas. Et on m'a parlé d'elles. Les cours de la semaine sont prêts, j'allume la télé. À cette heure, d'habitude, Mad s'endort dans mes bras. Steph et moi, on se racontait nos journées, les trucs amusants qu'avaient sortis les élèves. Notre erreur a été de continuer après la séparation. Si nous avions cessé de nous fréquenter en ce temps, il ne me manquerait pas tant. Le téléphone me sauve de la solitude. C'est mon ex-belle-mère.

« Sarah ? Je te dérange ?

– Bonsoir Sylvie. Non, pas du tout. Je rentre de cours.

– Ah. Tu viens avec la petite, samedi, c'est prévu ?

– Oui, promis.

– Bien, bien… au dîner, cela te va ?

– Oui, tout à fait.

– À samedi, alors !

– À samedi. »

Pas un mot pour savoir comment s'est passée la reprise. Mais la voix de Sylvie me paraissait presque réconfortante.

Elle embrasse Madeleine, dit qu'elle grandit, grossit, qu'elle est belle et ressemble à son père. Je réprouve la vague de haine qui me donne envie de la gifler.

« On voit que Steph s'en occupe à la perfection. C'est un excellent papa, hein, ma chérie ? »

Simagrées avec la petite, elle lui pince le nez, les joues, elles rigolent, Sylvie s'esclaffe à gorge déployée pour paraître plus comique. Je prépare le repas pendant qu'elle profite de sa petite-fille.

« Toujours célibataire, toi ? me lance-t-elle du bout du salon, à quatre pattes.

– Toujours.

« – Il n'y a pas un collègue qui te plaît ?

– Je ne sais pas, c'est trop tôt pour le dire.

– Steph nous a présenté une nana hier. Je ne sais pas si c'est sérieux, je ne sais pas… Mais elle est formidable.

– Ah. »

Il est évident qu'elle dit ça pour me faire enrager. Elle se convainc que j'aime encore Steph et qu'il m'a abandonnée parce que je n'étais pas à sa hauteur.

« Ça viendra, ne t'inquiète pas. Tu es mignonne à ta manière. »

Le soir, elle me supplie de lui laisser Madeleine. Steph viendra la chercher le lendemain. Je cède, avec l'affreux sentiment que ma fille m'échappe, que ce divorce va séparer nos chemins. Je les vois venir. Steph avec ses soi-disant maux de dos met le paquet pour l'accaparer. Sa mère derrière.

Sur la route du retour, je me mords les lèvres, mais je ne pleure pas.

II
SÉISME

« Qu'est-ce que reproche Mme Bovary à son mari ? Dites-moi, qu'est-ce qu'elle lui reproche ? »

Le silence éternel des secondes D m'effraye.

« Lola, le chewing-gum à la poubelle. Répondez à ma question.

– Je sais pas.

– Mais si !

– Je sais pas, j'ai pas lu jusque-là !

– Qui peut aider Lola ? »

La première main de la matinée se lève, timide :

« Elle lui reproche sa médiocrité.

– Merci, Claire. Sa médiocrité ; tout le monde comprend ? Elle lui en veut d'être minable, de ne servir à rien. Cet homme, c'est une entrave à ses rêves. Il est ridicule. Vous le comprenez, ça ? Relevez le vocabulaire qui montre le ridicule de Charles. »

Pierre soulève bassement l'inutilité de l'exercice et je lui signale que s'il préfère, il peut se tourner les pouces à la vie scolaire. Ces secondes D m'agacent aujourd'hui. Ils jouent à qui sera le plus discret ou fera la remarque la plus plate. Je les libère quelques secondes avant la récré. Dans la salle des profs, on fait notre bilan.

« Ostrevski a encore frappé avec son pot de colle ; tu as les premières ES1, tout à l'heure ?

– Tout de suite.

– Alors je t'avertis, Ostrevski recommence.

– Ah… Ostrevski, c'est Florian ?

– Oui, un petit brun à lunettes, qui ne paye pas de mine…

– Je repère mieux les premières que les secondes ; j'ai trois classes, je les mélange. Oui, Florian… OK, c'est vrai qu'il a un air sournois, au fond. »

Clarisse est la prof principale.

« Je le surveillerai, cet Ostrevski… »

On se sépare sur un sourire complice ; ça a déjà sonné, mais comme je m'y attendais, je suis la première arrivée. Les élèves prétextent la file d'attente aux toilettes pour justifier leur retard.

« *Andromaque*, acte III, scène 8. Justine, qui rêve, vous êtes Andromaque. Antoine est Céphise. »

Il y a un rire étouffé, comme souvent lorsqu'on prête un rôle de femme à un garçon.

« Quelle image le récit d'Andromaque nous donne-t-il de la guerre de Troie ? Comment cela se manifeste-t-il, au niveau formel ? »

Je rame. Tandis que je fouille dans mon classeur à la recherche du cours, Florian dégaine son tube de colle.

« Florian, je ne vois pas mais j'ai des oreilles. Rangez-moi ce tube de colle avant qu'il ne finisse dans ma trousse ou dans celle de la CPE. »

Je relève les yeux, dans l'attente d'une main charitablement levée. Personne. Chloé dessine sur sa main et Julien me fixe.

« Il y a un problème, Julien ?

– Non.

– Alors ? »

Il me sourit et hausse les épaules. J'enjoins Chloé à répondre à la question.

« J'ai pas entendu, Madame.

– Normal, vous étiez occupée à faire de jolis dessins.

– Vous pouvez répéter la question, Madame ?

– Oui, je peux. Comment Andromaque décrit-elle la guerre de Troie ici ?

– Comme quelque chose… de violent.

– Oui. Quelqu'un précise ? »

Le cours part mieux qu'avec les secondes D. Les trois quarts des élèves ont eu l'intelligence de lire le livre et je ne parle pas dans le vide. Et puis, je les connais un peu.

Je suis satisfaite de la classe et j'ai la bonne surprise de constater que Steph m'a laissé un message : « *Mad est toujours chez mamé, elle pleure sa maman.* » Mad d'amour, trimballée d'une maison à l'autre, qui doit se demander pourquoi maman l'abandonne… Je le rappellerai plus tard, ma collègue Caroline a fini et me propose un café. On se jure de ne pas prononcer un mot sur les élèves.

J'ai le mardi matin de libre, car mes secondes sont prises en charge par la conseillère d'orientation. L'anniversaire de Mad approche, et je n'ai pas de cadeau ; c'est l'occasion d'y réfléchir et de surpasser Sylvie. Je flâne dans les magasins, rayon gamin, puis, à la caisse, je rencontre Lola qui me sourit. Je lui dis bonjour et réalise en sortant qu'elle sèche la conseillère d'orientation. Je n'ai rien trouvé d'intéressant ; je commence de mauvaise humeur le cours des premières.

« Reprenons, le rôle des confidents chez Racine... Ils nous informent, donc, sur des faits extérieurs à la pièce et pourtant nécessaires à sa compréhension. Rappelez-vous, *Phèdre* ; Oenone annonce au spectateur qu'elle est malade... Ils encouragent le héros à se livrer, à dévoiler son combat tragique. Des exemples ? »

En quelques jours, la moitié de la classe s'est mise à parler. Cela me redonne le sourire intérieur, si bien que je ne vois pas l'heure passer. C'est rare.

« Madame ?

– Julien ? »

J'ai pris le pli de répondre à mes interlocuteurs sans les regarder, les reconnaissant à la voix. Déformation professionnelle. Quand on enseigne, on a les yeux concentrés sur une chose et les oreilles sur une autre.

« Madame, on a cours demain avec vous ? Parce qu'il y a la conseillère d'orientation... »

Je lève les yeux sur Julien et là, je ne comprends pas ce qui se passe. Mon ventre se tord et brûle, je tremble de partout. Ou plutôt, j'ai un séisme dans le ventre.

« On ne m'a pas mise au courant. La conseillère, c'est que pour les secondes, normalement. Nous avons cours demain.

– D'accord. Merci, Madame. »

Il s'en va. Je m'assois. Étrange, je me dis, et je n'y accorde pas plus d'importance, car la classe suivante débarque. On a pris du retard.

En rentrant chez moi, je reçois un coup de fil de mon frère Olivier. Il revient d'un séjour et s'invite à la maison pour manger.

« C'est drôle de te voir toute seule... Ce n'est pas que j'aimais beaucoup Stéphane, mais... ça te fait un vide, non ?

– Oui… oui, enfin je gère plutôt bien. Quand on travaille, on ne voit pas le temps passer.

– Et la petite ?

– Elle est chez son papa.

– Ah. Tu la prends une semaine sur deux ?

– Juste les week-ends, tant que Steph n'a pas repris le boulot ; ça m'évite de payer la nourrice, et je préfère qu'elle soit élevée par lui que par une autre femme.

– Tu n'as pas peur qu'elle devienne plus proche de lui ? »

Je ne réponds rien. J'ai déjà pensé à l'éventualité que Madeleine s'entende mieux avec son père qu'avec moi, au regard du temps qu'ils passent ensemble. Et je sacrifie le bonheur de partager ses premières phrases, ses sourires, ses caprices et ses larmes à quoi ? À des élèves. À un travail où l'on m'entend parfois sans m'écouter. À de l'argent.

« … Et si ton ex se remariait ?

– Eh ben ?

– C'est l'autre femme qui s'occuperait de Madeleine.

– Dans ce cas, Mad revient chez moi, et j'appelle la nourrice. »

Il sourit.

« Qu'est-ce qui t'amuse ?

– Rien, tu es bizarre. Que ton ex se remarie, tu t'en fous, tout ce que tu veux, c'est qu'une autre ne mette pas le grappin sur ta fille.

– Cela me semble normal, non ?

– Je ne sais pas ; je n'ai pas d'enfant.

– Justement, tu ne comprends pas de quoi tu parles. »

Aussitôt, je trouve mes paroles agressives et stupides. Olivier est mon aîné de quinze ans. Il se dégage de sa personne une classe désinvolte qui plaît aux femmes : mes amies ont toutes plus ou moins le béguin pour lui, il le sait, il en profite. Jeune, je le prenais pour modèle. Sans succès.

« Et ils sont gentils, les gamins ?

– Qui ?

– Tes élèves.

– Ça dépend lesquels et ça dépend des classes. D'une manière générale, oui.

– OK OK… Ton appart me plaît. Un peu étroit ; du coup, tu n'as qu'une seule chambre ?

– Oui.

– C'est mal fichu. Tu dors avec la gamine ?

– Oui, en attendant que je lui aménage la sienne. »

Olivier n'a jamais approuvé mon choix de me marier et encore moins celui de faire un enfant. Je me suis incarcérée à partir du moment où on m'a passé la bague au doigt. J'ai pris perpette en accouchant à vingt-cinq ans. « Mais comment tu te débrouilles », m'avait-il dit, quand je lui avais annoncé ma grossesse, « tu ne connais pas la pilule ? », puis : « tu as jusqu'à trois mois pour avorter, hein ! » C'était Stéphane qui voulait à tout prix un gosse pour me retenir, qui m'avait retourné le cerveau, qui me manipulait.

Je formule le fond de ses pensées :

« Tu n'es toujours pas d'accord avec mon choix, c'est ça ?

– Lequel ?

– Madeleine. »

Il soupire.

« Tu es heureuse, vraiment heureuse d'avoir cet enfant ?

– Oui. Profondément.

– Malgré le divorce ?

– Qu'est-ce que je deviendrais sans elle, depuis le divorce ?

– Alors dans ce cas… »

Nos visions si divergentes du bonheur n'ont pas rendu nos relations faciles. Olivier n'a jamais cherché à comprendre les raisons qui m'ont poussée à devenir mère. Olivier ne s'intéressait pas à moi, comme je me suis intéressée à lui.

« Dans ce cas ?

– Dans ce cas, tant mieux. Que dire de plus ? Tu connais mon avis sur le sujet…

– Oui.

– Au fait… merci de m'avoir invité.

– Je ne t'ai pas invité, tu t'es incrusté. »

Il a l'air de le prendre vraiment mal.

« Je plaisante, hein. »

Je n'ose pas chasser Olivier de la maison de peur qu'il ne me taxe de mémé, mais à deux heures du matin, je flanche. D'ici six heures, je suis devant la classe pendant qu'il jouit de ses RTT.

« Tu veux voir les photos du voyage à Madrid ?

– On reparle de Madrid plus tard ? Il est deux heures et demie et…

– OK, dis-le que je t'emmerde ! De toute façon je m'en vais. Je sors, ce soir.

– Tu sors ? Où ?

– Pourquoi tu as besoin de le savoir ?

– Comme ça c'est une question de curiosité.

– Tu vois, voilà le genre de choses que tu ne peux plus faire avec une petite fille…

– Je sais. Tu parles comme si je ne réfléchissais pas. J'ai fait Madeleine en connaissance de cause, comment tu peux penser que je puisse le regretter ?

– Je le pense parce qu'à ta place… Il me semble que j'aurais des regrets.

– Oui, mais tu n'es pas moi, Olivier. »

Olivier me quitte à trois heures. Avant de me coucher, je jette un œil à un paquet de copie laissé en jachère. Je me décourage. « *Mme Bovarie est une femme qui colectionne les hommes parcequ'elle s'ennuit. Elle ne s'est pas quoi faire. Un jour elle rencontre Rodolphe…* »

III

JULIEN

Nous avons fêté l'anniversaire de Madeleine. Pièce montée, cousins, cousines, orgie de cadeaux. C'est Sylvie qui a tout organisé et transformé ce qui devait être un repas de famille en manifestation à la Kardashian. Résultat : Madeleine, pourrie gâtée, a été infecte. Sans compter que Sylvie a fait main basse sur elle du début à la fin.

Je rejoins Steph dans la cuisine, survoltée.

« Cinquante invités, pour une petite de trois ans ! Et combien de kilos de bouffe on jette ?

— C'est bon, ne t'emballe pas… On lui offre un anniversaire de princesse, que rêver de mieux ?

— Justement, je m'en serais passé de votre rassemblement à l'américaine.

— JE m'en serais passé ! JE m'en serais passé ! Parce qu'il n'y a que toi, bien sûr. Toi, la mère, toute seule à décider de tout. Et rappelle-moi, qui s'occupe d'elle la semaine ? Hein ? Qui l'emmène à l'école, lui prépare à manger, l'habille, joue à la poupée, toi ? Non, Madame ne profite que des bons moments… Ce que tu lui offres, toi, c'est les promenades du samedi après-midi. Alors de quel droit tu critiques l'anniversaire pour lequel ma mère et moi on a donné tout notre temps ? Au nom de quoi tu as ton mot à dire ? »

Je n'ai pas envie de me fâcher aujourd'hui. Cette fête m'attriste.

« Pardon si je t'ai vexé. Ce n'était pas mon intention.

— C'est ça, le remerciement ?

— Tu sais que je n'aime pas ce genre de démonstration.

— Et qu'est-ce que tu aurais fait ? Un anniversaire en tête-à-tête avec elle ? Dans un musée, même, peut-être.

— J'aurais voulu qu'elle s'amuse. Et pour ça, je n'aurais pas invité des cousins qu'elle ne connaît ni d'Adam ni d'Ève qui rient de notre divorce et ne savaient pas si elle célébrait ses trois ou ses treize ans.

— Les cousins en question ont tous apporté des cadeaux qui valent quatre fois le prix du tien.

— C'est le problème ; tu vois bien qu'ils l'ont gâtée jusqu'à la moelle…

— Quelle rabat-joie ! »

Je trie les aliments récupérables en surveillant Sylvie du coin de l'œil. Elle multiplie ses singeries auprès de Madeleine.

« Mad ? Tu viens me faire un câlin ? »

Elle dit « non » de la tête. Sylvie et elles échangent des secrets. Il ne reste plus que Steph, sa mère, Madeleine et moi. Sylvie joue encore la comédie pour prendre la petite ce week-end. J'accepte.

Le cours des secondes D, ce lundi, s'est mal passé à cause d'une altercation avec Adrien Louchet qui a traité Madame Bovary de pute. Je me sens atteinte dans ma dignité d'enseignante, je le lui fais savoir par un aller sans retour direction vie scolaire, et dans ma féminité. Ne t'inquiète pas, je pense non sans ironie, ce n'est pas à toi qu'elle s'intéresserait, Madame Bovary.

Les premières sont mieux disposés envers Corneille, quoiqu'endormis. Ils ont chargé quatre d'entre eux de mener le cours et somnolent, chuchotent des bêtises au voisin ou envoient des textos en s'imaginant que je ne les vois pas. C'est dommage. L'anniversaire de Mad m'a plombé le moral, je ne me prends pas le chou. Heureusement, il y a Julien. Qui sait quoi dire au bon moment. J'ai soudain l'impression qu'on fait le cours à deux, et en le regardant, je me surprends à le trouver beau. J'oublie l'anniversaire de Mad. Je l'écoute, c'est agréable.

De retour dans la salle des profs, je réalise. J'ai trouvé un élève beau. Un *élève*. Un constat, rien de plus, je me dis, les élèves, après tout, sont des êtres humains. On a le droit d'être séduisant quand on est jeune. Tant mieux pour lui. Ma collègue d'histoire arrive ; un gamin a placé le règne de Louis XIV en 1918. Elle est furieuse. Désespérée. « Non mais tu te rends compte ? On se demande ce qui leur passe par la tête, des fois… Voilà pourquoi on se lève le matin ! » Je soupire, mon collègue de bio chelou me demande si j'ai coincé Pierre Pirandello. « Il triche, me prévient-il, la dernière copie qu'il m'a rendue, c'est la page Wikipédia qu'il matait sur son portable, pendant le devoir. Fais attention. » Je le remercie pour le conseil.

Je dois boucler la séquence *Madame Bovary*. Ce n'est pas une mince affaire. Les niveaux de mes différentes secondes sont très inégaux, je ne sais plus quoi leur donner en devoir, et ma concentration a atteint ses limites. La faute à cet anniversaire ? Sylvie ? Je me souviens de ce qui a provoqué mon malaise. Julien. C'est un garçon plaisant, et alors ? Ça me gêne? Oui, ça me gêne. Parce que jusque-là, un élève n'avait jamais eu de sexe ni de visage. Même les collégiens n'ont pas su flatter mes instincts maternels. Je travaille. Nous avons des rapports cordiaux, mais je travaille. Je ne sais ce qui l'emporte entre l'étonnement, le plaisir ou la contrariété. Je cherche ce qui a pu provoquer ce constat; Julien est beau. Non, je ne le regarde pas plus qu'un autre. Des élèves charmants, il y en a certainement pléthore, je m'en fiche. Est-ce que *lui* me regarde? Un sentiment qui m'inquiète davantage naît doucement. Je voudrais savoir ce que Julien pense de moi. Soyons sincères, *j'aimerais* qu'il me trouve belle. J'ai honte. Bah, qu'y a-t-il de mal à ça? Je suis une femme. Toutes les femmes veulent bien plaire à tout le monde, c'est le cours des choses, c'est normal. Prof ou pas. Allez, va, même Noëlle, la vieille collègue d'allemand, ça a dû lui arriver de trouver un élève mignon dans sa carrière. Je vérifie mon profil dans la glace. Je me trouve pas mal du tout.

Juste par curiosité je surveille ses réactions le temps d'un cours. Si je l'ai remarqué, c'est parce qu'il m'observe. Il s'ennuie? Je sens ses yeux derrière moi quand j'écris au tableau, cela m'amuse et me déstabilise.

Quand on s'est rencontrés à la fac, Steph passait ses heures à détailler ma personne, assise juste devant lui. Il m'analysait comme ça. Il te trouve charmante, je me dis ça n'est ni un mal ni un bien… c'est de son âge d'être attiré par les jeunes femmes. Et si un jour il dit quelque chose… Je le remettrai à sa place. Je sais qu'il ne dira rien. Les cours suivants, je ne m'occuperai plus de lui.

Le devoir des secondes D sur *Madame Bovary* est hélas catastrophique. Un massacre que j'ai atténué en le mettant coefficient 1. La pilule passe mal. «Madame vous notez trop sec, on avait pas ces résultats avec Monsieur Machin, de toute façon le contrôle il était impossible.» Je reçois les premières dans une atmosphère électrique. Heureusement, le cours part bien. Ce sont des élèves réactifs, avec qui il est agréable d'échanger, car ils ne laissent rien au hasard. Le texte les intéresse. Cela se voit quand une classe en discute en oubliant la présence du prof. Julien me regarde. La vérité, c'est que je le regarde aussi.

L'autoflagellation continue; bon, c'est parce qu'il était le seul à participer un peu. Et puis il se place devant moi. Et puis… je me cherche des excuses. Non, il te plaît. Sois honnête; ça vaut mieux. Il ne sera peut-être pas le dernier élève à qui tu seras un peu sensible… Pour autant tu ne le favorises pas. Il reste un élève, voilà, un élève comme n'importe quel autre. Mais je sais que le point de non-retour approche. Durant toute l'heure, pendant que je débitais sur le psychorécit dans *La Princesse de Clèves*, mon inconscient lui était dédié, je disais ce que j'avais à dire, et je n'y pensais plus.

Je m'attelle aux copies. À chaque fois que je reprends les corrections, quelque chose m'arrête; j'ai faim, j'ai mal à la tête, j'ai sommeil. Résultat : dix copies en quatre heures, et je m'installe devant la télé. La flemme de regarder les infos. Je me mets au lit. Impossible de m'endormir, c'est dingue, ça ne tourne pas rond ce soir, je me dis, et j'ai peur d'avoir choppé une grippe ou une gastro. Je matte une rediff de *Allô Nabilla, ma famille en Californie*, il n'y a que ça qui puisse me détendre. Nabilla a quelque chose des courtisanes du XIXe siècle; comme la Nana de Zola, elle n'est pas célèbre pour ce qu'elle crée, mais pour ce qu'elle est. Les talents d'actrice de Nana n'ont aucune part dans son succès. D'ailleurs, elle n'a pas de talent. Son œuvre d'art, c'est son corps qu'elle expose aux banquiers, aux comtes, aux Princes, son corps qui se passe de main en main, que l'on sculpte pour orner une tête de lit, et qui fait rêver. Nabilla a atteint le suprême degré de l'art. Son expression n'a plus besoin de média : littérature, musique, théâtre, cinéma… Non. Il ne reste que la pureté de sa propre personne. Ils la critiquent, la fustigent, la détestent, et elle atteint une célébrité de Joconde.

Pouvoir regarder *Allô Nabilla* est un des avantages de mon célibat. Steph me l'interdisait. On avait une seule télé, au salon – dans la chambre ça tue l'amour –, et trouver un terrain d'entente au niveau des programmes s'avérait souvent compliqué. On réservait notre choix télé une semaine à l'avance, d'après un planning affiché sur la porte de la cuisine. Aujourd'hui je trouve ça trop con. Ce sont les petites libertés piquées ici et là qui agrémentent la solitude ; dîner à quatre heures, déjeuner à midi, se doucher sans se soucier de l'autre qui attend à la porte et qui va être en retard au boulot, regarder Nabilla, travailler à deux heures du matin. Je m'accroche à ces détails pour ne pas retourner avec lui par raison de commodité…

J'allais m'assoupir quand je reçois un coup de fil inattendu. Mes parents. Je n'avais pas eu de leurs nouvelles depuis un mois.

« Sarah ? »

C'est toujours ma mère qui parle en premier.

« Bonsoir, maman.

– Contente de t'entendre ! On ne peut pas dire que tu appelles souvent…

– Toi non plus, maman.

– Eh bien! Voilà, je t'appelle. Quoi de neuf?»

Je suis horripilée par ces «quoi de neuf» que ma mère balance à tout bout de champ, comme s'il fallait avoir du «neuf» pour être intéressant.

«Rien de spécial. J'ai repris les cours.

– Alors, c'est cool le lycée?

– Ce n'est pas cool, maman, c'est mon boulot.

– Oui, ça va, merci. Mais l'ambiance est bonne? Les collègues, les élèves?

– Ça va. Tu sais je suis un peu préoccupée par le divorce, je n'ai pas trop le cœur à sortir ou nouer des amitiés…

– Ne passe pas ta vie au travail ma chérie. Sylvie m'a dit que Steph avait rencontré une copine? Tu l'as vue?

– Non et à vrai dire je m'en fiche; tant qu'elle ne touche pas à ma Madeleine…

– Tu es trop accrochée à ta gamine, Sarah.

– Trop accrochée? Alors que je ne la vois que les week-ends, quand Sylvie ne me la vole pas!

– Mais qu'est-ce qu'elle t'a fait, cette pauvre Sylvie? Elle s'occupe de sa petite-fille et voilà comment tu la remercies? Elle m'a parlé de toi, figure-toi. Elle m'a dit que tu étais très acariâtre avec elle, et elle ne comprend pas pourquoi… Tu m'as mise dans la gêne. J'ai répondu qu'il ne fallait pas t'en vouloir, que moi aussi, tu…

– Maman. Je te défends de prononcer un seul mot de plus sur ma personne à cette femme.

– Ma chérie!

– Non, maman, je ne l'aime pas et je t'assure qu'elle est dangereuse. Tu ne vois pas son vrai visage; tu ne la vois pas faire ses grimaces devant Madeleine, l'accaparer, l'amadouer… Toi, tu m'avais pour toi toute entière, tu ne sais pas ce que sais que de partager son enfant… Je n'en discuterai pas plus. Il faut que je me couche, j'ai une sacrée journée demain et je suis crevée. Merci d'avoir appelé, maman.

— Et papa ? Il…

— Passe-lui le bonsoir. Je l'embrasse. Bisou, maman.

— Ma chérie…

— Bisou, maman. »

Je n'aurais pas dû être si sèche, mais ma mère qui se fait l'avocat du diable, c'est la goutte d'eau. Je me replonge sous les couettes, sans prendre la peine de me déshabiller. Une immense chaleur m'envahit, le genre de fièvre qu'on contracte la nuit qui précède une crève. Je la reconnais cette fièvre-là. Je la connais. La boîte de Pandore s'est ouverte, je l'ai laissée s'ouvrir, je n'ai pas bougé le petit doigt, et pour la première fois depuis que je vis ici, je sanglote. Parce que je me sens dépassée.

IV
LA MAGIE DE LA PHÉNYLÉTHYLAMINE

La façon dont il s'assoit. La voix un peu lente, calme, traînante. Les bouillonnements de l'adolescence dans son regard. Il s'exprime comme s'il choisissait ses mots mais les phrases lui viennent naturellement, et quand nous parlons, c'est un dialogue d'égal à égal. Je n'avais jamais vu ça. Il n'est pas le genre de fayot qui se tortille sous le nez du prof ; il intervient à propos, esquisse une imperceptible moue quand un camarade relève quelque chose d'intelligent, et que je le félicite.

Les cheveux qu'on recoiffe quand il nous regarde, les yeux qu'on évite, le cœur qui palpite, les heures passées devant la glace, se rendre compte qu'on est belle… C'est la magie de la phényléthylamine. Mon ventre se noue quand il rentre dans la classe, ça fait du bien d'avoir à nouveau quinze ans. C'est fou, le désir provoque des images, des idées qui viennent malgré soi, et rend l'imagination fertile. On rêve ; ou plutôt, *ça* rêve, ça s'impose à nous, on se découvre des subtilités dont on n'avait jusque-là jamais soupçonné l'existence. Un roman s'écrit dans la tête, rien ne peut l'arrêter.

Je suis quelqu'un qui a les pieds sur terre. J'aime la littérature pour sa beauté, ses sonorités, l'émotion que me procure la fiction justement parce qu'elle est fiction. Je ne crois pas plus aux dissections en littérature qu'en amour. Je suis insensible à ces phrases du genre « s'aimer, ce n'est pas se regarder l'un l'autre, c'est regarder ensemble dans la même direction » et autres artifices. Plus jeune, j'ai désiré Stéphane avec fougue et naturel, à la manière d'une jeune fille qui découvre son corps, la splendeur de la virilité, et qui veut se jeter au feu. Ce sont les mêmes curiosités qui reviennent. Je ne suis pas de ces femmes qui se fabriquent des scénarios, des films, non, le désir s'impose, le désir et ses représentations déroutantes, détonantes, stimulantes, et je l'accepte tête baissée, je laisse les images entrer, me posséder, et disparaître.

Il y a ce vers de Racine qui me vient en mémoire et ce n'est pas par romantisme que je m'y réfère ; c'est parce qu'il exprime littéralement mon état actuel : *je sentis tout mon corps et transir et brûler.* Je sens mon corps, comme s'il s'agissait d'une entité indépendante de ma psyché, comme si j'assistais, en spectatrice, au tourment qui l'assiège. Les images viennent de lui. Grâce, ou plutôt à cause de cette façon masculine que j'ai de désirer, je ne me suis pas sentie coupable au début.

Le réveil est venu deux ou trois jours plus tard. Brutal.

Il est venu un soir, pendant cet agréable temps de latence entre la veille et le sommeil, où l'on ne dort pas, mais où l'on commence à rêver. *Ça* me berçait et d'un coup je me suis dit : oh, à quoi tu penses, là ? Arrête ! Arrête ! Je suis montée dans un grand huit de fête foraine, enivrée, et j'ai regardé en bas. Trop tard, j'étais montée, il faut attendre la fin de l'attraction et je ne sais pas si elle se terminera. Au plaisir succède la panique. La honte.

Ma vieille, tu penses à un élève, un gosse de dix-sept ans, dix-sept ans, tu te rends compte ? Il est plus jeune que le petit frère de Steph. Il n'a que le brevet. Et c'est *ton élève*. Mon désir transparaît dans chacun de mes actes, de mes mots, de mes silences, les collègues, le proviseur, le rectorat, l'Éducation nationale lisent en moi comme à travers du papier vélin… Et pire que tout, il y a la conscience professionnelle, l'honneur de la vie moderne. Elle était tapie dans les profondeurs de mon travail, rassurante, évidente. Au cours « Agir en bon fonctionnaire de l'état de façon éthique et responsable », on ne prend pas la peine de nous dire que de tomber sous le charme d'un élève, c'est contraire aux grands principes moraux fondamentaux. Enfin, ce n'est pas exactement ça. *Coucher* avec un élève. D'accord, bien sûr, non, je n'ai aucune idée de ce genre. Aucun projet de ce genre plutôt. Attendez, vous m'avez vue ? J'ai une tête à ça ? J'ai une tête à ça, hein ? J'ai peur. Peur de la gaffe. Je vérifie sa date de naissance sur ma liste d'appel, il a dix-huit ans, dix-huit ans, c'est si jeune, au fond guère plus que moi, mais il y a un monde entre dix-huit ans et moi. J'ouvre la fenêtre. Je me raisonne. L'AFER condamne les actes, pas les pensées. Comment c'est venu, dites-moi ? Comment, du jour au lendemain, je peux avoir peur de moi-même, d'un désir, de quelque chose de si naturel, si humain ? Comment je suis passée du stade de la prof de français à celui de la-prof-qui-aime-un-élève ?

J'inspire un bon coup. Je me souviens que vendredi, je dois dîner avec Ophélie, la sœur de Steph. Je tombe sur son répondeur, je lui demande de passer ce soir, je la supplie en fait. Ophélie est prof de français comme moi. Pitié, j'espère qu'elle comprendra.

Ophélie a compris. Elle n'a pas cillé. Elle m'a même dit que c'était «normal», que *ça* pouvait arriver, que ça ne servait à rien de me jeter la pierre. OK, un élève. OK, il a dix-huit ans. Mais je suis une jeune femme, et quoi de plus sain que d'être attirée par un homme, même jeune? Au contraire, cette histoire me prouvait que je tirais un trait sur Stéphane. Elle me pose des questions simples. Quel est son nom? À quoi il ressemble? Qui sont ses amis? Des questions que l'on poserait pour n'importe quelle rencontre.

Je lui demande si ça lui est arrivé, de se sentir drôle face à un élève. Elle me dit que non. L'amour prof-élève ne lui a jamais fait l'effet de ce crime incestueux qui a alimenté la presse à scandale, les téléfilms bidon, les cauchemars des mères de famille. C'est une histoire qui n'est pas recommandée, et marginale. Rien de plus. Et c'est justement grâce à cette souplesse d'esprit qu'elle n'est pas tombée amoureuse d'un élève. Le mythe s'effondre.

Je me rends compte que j'ai du mal à parler de lui. J'explique à Ophélie que c'est un coup de tête, réversible, qui s'évanouira d'ici un mois. Et je suis sincère. Parce qu'il ne se passera rien. Elle me demande si je ne risque pas de faire du favoritisme. Mon délire et mon désir m'ont amenée si loin que je ne me suis pas posé un instant cette pragmatique question. Pragmatique, mais censée. Non. Pas de favoritisme. On sait bien reconnaître les défauts des gens qu'on apprécie, non?

Elle constate que je garde mon esprit, et la voyant confiante, je retrouve mon calme. On parle de Stéphane, de Madeleine. Elle m'accorde que sa mère abuse. Ophélie a divorcé l'an dernier, elle ne se remet pas de sa rupture; elle compatit pour Julien, mais ne comprend pas pourquoi Steph et moi sommes restés «en termes». Par faiblesse. Quand on a partagé cinq ans…

«Au fait, j'ajoute, tant qu'on y est… pas un mot à Steph, hein?»

Elle me sourit et me laisse à mon paquet de copies.

«L'homme parti, et plana un mystaire plus profond que jamai…» Merde, mec, tu es en première, va lire ça à un sixième et il t'éclate de rire au nez. Trois fautes par ligne. De l'incroyable. Un magicien de l'orthographe. Je lui fiche un beau carton qui me vaut un mot de la mère : «*Madame, j'ai pris connaissance de la note que vous avez attribuée à Antoine pour son sujet d'écriture. On a visiblement omis de vous parler de sa dyslexie. Aussi, j'aimerais vous rencontrer et en discuter avec vous dès que vous serez disponible afin que nous trouvions ensemble des solutions pour son travail. Cordialement, Madame Machinchose.*» J'ai rencontré la dame en question, et il s'est avéré qu'Antoine n'était pas plus dyslexique que moi, mais juste nul en orthographe, et que la mère ne voulait pas l'admettre. Nous étions en phase sur un seul point : la nécessité de secourir Antoine. J'ai proposé à des exercices adaptés, la mère a froncé les sourcils quand j'ai parlé de «défaillance grammaticale». C'était la faute de son instit, en CE2, qui le détestait pour son intelligence. Il avait proposé le redoublement, ça a cassé l'élan d'Antoine, parce qu'elle, elle le sait, elle le connaît : son fils est surdoué. Et je ne peux pas m'imaginer à quel point. Un acquiescement, un sourire, une poignée de main sympathique, et je congédie la mère d'Antoine. Je suis pressée… ma petite Madeleine.

Chez Steph, une mauvaise surprise m'attend. Il n'est pas seul. Il y a sa mère, affairée autour de Madeleine, et une autre femme.

«Enchantée, Carine, dit-elle en me collant deux bises. J'ai entendu parler de toi.»

Je suppose que cette Carine est la nouvelle conquête de Stéphane. Des cheveux courts, des lunettes, un cul plat. Me remplacer par elle? Sylvie donne dans le «Carine chérie», accourt d'elle à Madeleine, de Madeleine à elle, oubliant ma présence. Je profite d'un instant de flatterie auprès de Carine pour récupérer ma fille.

«Maman», dit-elle simplement. Sa couette en hauteur est de travers, elle a de la terre sur le visage, les mains, une remontée d'émotion obstrue ma gorge. Ses cheveux commencent à s'assombrir. Elle sera brune. Je m'imagine Madeleine jeune femme, à quinze ans, et je profite qu'elle n'en ait que trois, mon Dieu, trois c'est déjà trop, plus que treize ou quatorze ans, qu'est-ce que c'est treize ans, et...

«Sarah, tu prends un thé?

– Ah? Oui, oui, merci.»

Sylvie a trouvé plus intéressante que sa petite-fille. Elle courtise cette Carine, sa servilité me dégoûte. Carine ne semble d'ailleurs pas particulièrement touchée. Elle offre un sourire de circonstance, a un mouvement de recul quand sa future belle-mère lui prend le bras.

«Et où vous partez en vacances?

– À Rome, chez des amis de Carine... Elle a pris une semaine à la Toussaint...

– Ah, bien, très bien! clame Sylvie. Puis, à moi: Carine est responsable de communication.»

J'ai dû répondre quelque chose comme «d'accord», et je comprends les raisons du lèche-botte ; Carine est «bien placée». Steph et moi avons souvent ri du crédit que sa mère accordait à toute personne pourvue d'un A : cadre A, catégorie A, c'est un A, l'alpha quoi, on se croirait dans *Le Meilleur des Mondes* d'Aldous Huxley. Je vois qu'il a honte.

Je reconnais une qualité à Carine, elle n'aime pas les enfants. Ou bien elle a saisi que Madeleine était *ma* fille et elle lui fiche la paix. En tout cas, depuis que je suis arrivée, elle ne lui a pas adressé le moindre signe.

«J'ai faim, Maman.

– Je sais, tu gargouilles. On rentre à la maison…»

Tout occupée à cirer les pompes de Carine, Sylvie a oublié le quatre-heures de Madie. Je me délecte de le lui faire remarquer.

«Merci pour le thé, Sylvie, mais Madeleine et moi on doit partir. Elle a faim, elle n'a rien avalé à quatre heures…»

Si les yeux de Sylvie avaient été des fusils je serais tombée raide morte. Un tel affront. Devant Carine. Devant une A.

«Bien sûr, bien sûr, répond-elle avec un sourire carnassier. C'est qu'elle ne voulait pas manger, un caprice… Elle a faim, maintenant. Viens faire une bise à mamie Sylvie !»

Elle me l'arrache. Madeleine ne dit rien. Elle en veut à sa grand-mère de l'avoir lâchée pour cette inconnue.

Nous sommes heureuses de nous retrouver toutes les deux, on saute sur le lit, je prépare des crêpes. Elle pleure parce qu'elle ne veut pas dormir toute seule, «comme chez mamie Sylvie». Je la prends dans mes bras.

V

LES FRÉMISSEMENTS SADIQUES

J'ai mal pris le coup de Carine. Non seulement elle est moche, mais il ne m'a pas avertie. Je vais dîner chez Olivier. Je changerai d'air, et il me présentera « un type génial ».

Le type s'appelle Freddie (Fred, ou Frédéric, je suppose), et malgré son nom pourri il me fait bonne impression. Nous sympathisons. Freddie travaille dans une agence de tourisme, il m'offre des réductions pour un voyage à Madrid. En plus, pendant les vacances de Noël, c'est moins cher. J'ai gagné ma journée. Quand je dirais ça à Stéphane… J'oublie : Rome avec Carine. Nous sommes une petite dizaine de personnes au dîner d'Olivier ; quelques étudiants attardés, un couple d'amis, Freddie et moi.

En dépit de ma bonne volonté, rien à tirer du couple qui débite banalité sur banalité ; *les idées de tout le monde défilaient dans leur costume ordinaire*. La femme me parle du prix de l'essence, des courses, des microbes de ses enfants. Je l'observe. Elle doit avoir trente-cinq ans, pas plus, et je lui trouve un sacré capital beauté qu'elle s'attache à saccager par des vêtements et une coupe informes. Sa conversation n'arrange rien. C'est dommage, je pense, elle est jolie mais personne ne le sait. Surtout pas son mari.

Freddie me raccompagne à la maison. Il serait ravi de me revoir d'ici deux ou trois jours.

« Bon courage. J'espère que les élèves ne t'en font pas voir ? »

Je souris.

« Non, ça va. À bientôt. »

Je me sens mieux. Ce n'est pas que je sois jalouse, Steph a fréquenté une multitude de belles femmes après notre séparation officieuse, mais se voir remplacée par cette Carine et sa médiocrité…

Le samedi, Freddie me propose un dîner. Cela m'ennuie, car j'avais prévu de passer la soirée en compagnie de Madeleine. Je lui demande s'il est disponible vendredi. Il travaille. Olivier m'enjoint d'accepter l'invitation, allez, ça fait trop longtemps que je vis en vieille fille, Madeleine attendra quelques jours… Ce manque de considération pour elle me met dans tous mes états.

« Madeleine attendra, je m'exclame. Elle attendra ! Ma petite fille de trois ans qui ne voit jamais sa mère, elle *attendra*, parce qu'un type que je ne connais pas m'invite à dîner ! Tu marches sur la tête, mon vieux. »

Dans un accès de colère, j'envoie un message à Freddie disant que je le remercie, mais que je ne serais pas disponible ce samedi ni les suivants. Je n'ai plus eu de ses nouvelles. Ce qui ne m'avance pas à grand-chose, car Madeleine est conviée à un goûter d'anniversaire ; une amie fête ses trois ans, et Sylvie a donné son consentement. Je jette nos éclairs au chocolat. Je passe encore un samedi toute seule, enfoncée dans mon canapé, devant un paquet de copies et une télé-réalité.

Lundi, je suis en mauvaise période, et j'ai oublié de prendre des cachets. Mon ventre est au supplice chaque fois que je fais un pas devant les secondes B. Je m'assois au bureau et que je débite mon cours en pilotage automatique.

L'heure suivante, la présence de Julien me rend à mes tressaillements ; la douleur se calme. Il me dévisage, soutient mon regard avec un aplomb qui me sidère. J'essaie, comme chaque fois qu'un élève s'exprime, de me concentrer sur ce qu'il dit afin de lui répondre au mieux ou de pousser ses camarades à réagir. Quand ils prennent la parole, les autres me regardent un moment par politesse et détournent rapidement les yeux. Julien, lui, attend que ce soit moi qui les détourne. Ne montre pas que ça te trouble, ne le montre pas ou tu es perdue. Je décide de le satisfaire une bonne fois pour toutes. Il me pose une question sur un procédé littéraire en m'observant de sa manière étrange. Je lui réponds sans détour, continue de le regarder un instant, et je pense de toutes mes forces « voilà, tu es content ? » ; il baisse les yeux.

Depuis, Julien touche son stylo, se caresse la nuque et fuit tout contact visuel à chaque fois qu'il me parle. Nous avons tous les deux conscience, j'en suis sûre, qu'il se passe *autre chose*.

Ces secondes-là sont d'une telle intensité que le temps qu'elles durent, mes soucis avec Sylvie, Steph, Madeleine n'existent plus. Elles ont la puissance d'un anesthésiant. Ces secondes-là me font du bien. Un bien fou.

Je n'en suis plus à me donner bonne conscience. Je sais que cela n'est pas normal. Où trouver du soutien, une compréhension ? Envoyer un message à Steph ? Il me dirait que je déraille, me raillerait, et il aurait raison. J'en ai déjà touché un mot à sa sœur et à vrai dire, seulement à elle ; je ne prenais pas cela tant au sérieux. Je m'amusais de moi-même. Et la drogue s'insère dans le quotidien…

J'ai eu l'idée de taper « je pense à un élève » sur Google. D'autres femmes connaîtraient-elles une situation semblable à la mienne ?

Il y a des confessions, des exemples d'histoires qui se sont bien ou mal terminées. Des témoignages d'adolescents absolument glaçants. « J'ai baisé ma prof », « envie de baiser ma prof », « ma prof me chauffe »… Un concentré d'hormones bouillonnantes stimulées par l'attrait de l'interdit, la fascination pour l'adulte et cette actrice qu'est la professeure.

Je me suis manifestée sur un forum. La virulence des réponses n'a pas tardé. D'abord, le défilé des vulgarités : « t'as pas honte ? chienne, chaudasse… », puis les mères inquiètes pour leur petit : « tu enseignes où ? il est en quelle classe ? », à deux doigts d'alerter le commissariat, des jeunes garçons demandant conseil : « comment il a fait ? j'aimerais me taper ma prof… » C'est une claque. L'inélégance de ces gens me flanque la nausée. Ils me souillent à cœur joie. Qui sont-ils ? Je ne sais rien de leur propre vie, si ce n'est la jubilation qu'ils éprouvent en pianotant sur leur clavier. Que de saleté, je me dis, je supprime mes messages et j'éteins l'ordinateur.

Je me déshabille dans un accès de rage. Les coutures de ma robe craquent, je peste. Un bain me soulagera. Le bruit de l'eau qui coule commence à m'apaiser, et en attendant, j'observe mon reflet sur la baie vitrée. Il y a longtemps que je ne me suis pas vue nue. Stéphane disait que la nature m'avait gâtée. Il avait raison. J'aime mon corps, le corps féminin en général, qui a quelque chose de naturellement artistique et d'intrigant. J'avais affiché dans notre chambre ma collection de reproductions d'œuvres : *Le déjeuner sur l'herbe* de Manet, *La Toilette* de Toulouse-Lautrec, *La naissance de Vénus* de Botticelli... Nous les avons enlevées le jour où Sylvie, entrée par inadvertance, a été choquée par notre mauvais goût. Stéphane les a tout à coup trouvées grossières. Elles ont fini au placard. En observant mes formes harmonieuses, j'ai pour la première fois un pincement au cœur. À quoi cela sert-il d'être si belle, si personne ne le voit ? Je ne garde aucune trace de ma grossesse, hormis des cuisses plus fermes, une poitrine plus épanouie. Mon corps de jeune fille avait un charme un peu trop gracile.

Dépitée, je plonge. La chaleur de l'eau m'endort. J'hésite à apporter quelques copies, non, impossible de me lever. Je jette la tête en arrière et presse le tube de shampooing-douche. Le bain a les vertus du regard de Julien. Je me surprends à sourire. Je resterais des heures ainsi alanguie, c'est le téléphone qui me secoue.

« Sarah ?

— Sylvie ?

— Je ne te dérange pas ?

— Non, pas du tout.

— Je te préviens juste que Stéphane et Carine emmènent Madeleine à Disneyland, demain. Tu n'y vois pas d'objection ? En plus, tu auras ton dimanche tranquille.

— ... Eh bien... Merci de m'avoir prévenue.

— Je t'en prie. Passe une bonne soirée !

— ... Merci. »

Non, là, on nage en plein délire. Comme ça cette Carine met le grappin sur ma fille ! Il faut dire qu'elle a une puissante alliée. Sylvie ne demande pas mieux qu'une suppléante à mon poste.

Je me précipite sur mes vêtements et mes chaussures, à deux doigts de craquer. J'ai besoin d'une promenade.

La marche me procure les effets de l'alcool sans les revers ; on avance, et au fil des pas des pensées agréables se mettent en route. La cadence est rythmée par l'intensité de ma colère qui s'apaise. Je trace, et tant pis pour les gens que je croise, ils s'écarteront de mon passage. C'est ainsi que les cheveux en bataille, l'air revanchard, je manque de me cogner contre Julien. Je lève les yeux, il était en pleine conversation avec un garçon que j'ai déjà vu plusieurs fois.

« Bonjour », je dis.

Je ne sais pas s'il m'a entendue, j'ai dû parler bas. Il perd le fil de sa conversation. J'avais oublié, nous nous sommes vus en cours ce matin. Je me retourne. Et j'ai le cœur qui bat, très fort.

Je risque deux ou trois coups d'œil en arrière. Lui aussi.

J'en oublie tout. Les commentaires désagréables, Sylvie, mon inutile beauté, il n'y plus que mon sang qui pulse, et de nouveau j'accélère. Non pas par rage. Par une sorte d'exaltation, qui me rappelle que je suis vivante, que nous sommes deux à réellement exister. Superstition, me direz-vous, mais je ne crois pas aux coïncidences. Non, je n'ai pas rencontré Julien par hasard. Il y a là-haut, peut-être, quelqu'un qui orchestre bien les choses, qui a vu ma tristesse, ma déception, mon angoisse, et s'est dit, je dois lui donner un coup de pouce.

De retour chez moi, j'appelle Sylvie.

« Sylvie, je ne te dérange pas ? je demande de son ton mielleux favori.

— Bien sûr que non ma petite, qu'y-a-t-il ?

— Je te préviens juste que demain, Madeleine ne va pas à Disneyland, finalement. Nous passons le week-end ensemble, elle et moi. »

Silence.

« Mais… Mais… La gosse s'est fait une joie de cette sortie, Sarah ! Tu ne peux pas lui refuser ! Comment je vais lui annoncer ? Et Carine, qui…

— Je suis désolée, Sylvie, c'est ainsi. Madeleine reste avec moi. J'arrive dans quelques minutes, bisous. »

Je ne lui ai pas laissé le temps de répliquer. Je débarque.

Sylvie m'accueille de mauvaise humeur ; elle me propose un café du bout des lèvres. Madeleine est en train de dessiner et ne lève pas la tête quand elle m'entend arriver.

« Voilà, dit Sylvie d'un air pincé, elle était occupée… Tant pis. Disneyland est repoussé, alors ?

— Je ne sais pas s'il y aura de Disneyland. Je n'ai pas envie que ma fille devienne pourrie gâtée. »

Elle cesse d'arranger ses fleurs et me toise.

« C'est une question de conviction sociale ?

— Si tu veux.

— Je ne suis pas sûre qu'une enfant de trois ans y soit très sensible.

— Je compte bien qu'elle le soit un jour.

— OK… Pas de Disneyland. Tant pis, Carine était heureuse à l'idée de faire sa connaissance…

— Si Carine veut faire plus ample connaissance avec ma fille, elle connaît mon adresse, je suppose. Nous n'allons pas te déranger plus longtemps Sylvie. Bon week-end. Tu viens ma chérie ? »

Madeleine abandonne ses feutres à contrecœur. Un mur s'érige entre elle et moi. Un mur de la hauteur d'un parapet, pour le moment… Je l'installe dans le siège auto. Elle me dévisage gravement, et je constate que son visage a perdu ses rondeurs de bébé. C'est celui d'une petite fille.

« Madeleine, quand j'arrive chez mamie Sylvie, je veux que tu coures vers moi. D'accord ? »

C'est la première fois que je l'appelle par son prénom complet. Elle acquiesce.

Le rétroviseur me renvoie le reflet de Sylvie qui nous guette à sa fenêtre. Nul doute qu'elle passera sa soirée sur l'ordinateur, elle l'a cherché. Je démarre, une main tire le rideau d'un coup sec, et je pense que c'est une bataille de gagnée, mais rien de plus qu'une bataille. Je me demande si, en cet instant, elle ne traîne pas sur des forums de discussion et n'éprouve pas, à taper sur son clavier, des frémissements sadiques.

VI
HÉMATOMES

Julien reste parfois à la fin des cours. Il me pose une question, me donne son avis sur un point dont nous n'avions pas eu le temps de parler, ou simplement, il traîne en rangeant ses affaires. Ça ne dure pas plus de deux minutes ; la classe suivante arrive et ses amis l'attendent. Ces deux minutes me mettent au supplice. J'ai envie qu'il parte et qu'il reste. Nous échangeons sur le ton de la banalité et je pense m'adresser à lui comme à n'importe quel élève. Je mets un soin particulier à me montrer plus froide quand s'établit une proximité physique. Proximité de deux ou trois secondes qui me donne une fièvre folle.

Ce mercredi-là il m'a demandé un éclaircissement à propos d'un extrait d'*Andromaque*, la tirade de Pyrrhus, *je vous le dis, il faut ou périr ou régner*. Il parle franchement, directement, comme si nous étions égaux, mais toujours avec politesse. Je lui ai répondu en effaçant le tableau. Quand il a eu sa réponse, il a attendu quelques secondes encore, et il est parti. C'est à partir de ce jour que j'ai remarqué deux choses. Certains comportements bizarres, une manière inhabituelle d'attirer l'attention. Je ramasse les stylos que les élèves tombent ; ceux de Julien tombent deux fois plus que ceux des autres, mais j'ai un plaisir secret à les lui ramasser. Je déteste les vêtements éparpillés dans la salle ; la veste de Julien se trouve soit près de mon bureau, soit au fond de la classe ; je la repose sur le dossier de sa chaise, manifestant un petit signe d'impatience. Mon penchant pour la psychanalyse m'a fait envisager des interprétations plus ou moins fumeuses. Il pouvait s'agir de coïncidences. Mais à compter de ce jour, j'ai eu envie de tout savoir de lui.

Il faut, je me suis dit, que je touche un mot de ce garçon à quelqu'un qui le connaît. Je suis allée trouver la professeure principale. Je lui ai, l'air de rien, demandé ce qu'elle pensait de la classe ; nous avions le même avis. « Et Julien, j'ai demandé, comment il se comporte ? » Ma question qui se voulait naturelle a dû paraître brusque.

« Julien ? En première ES 1 ?

– Oui.

– C'est un très bon élève. Calme, attentif. Rien à signaler, pourquoi ? Tu as des problèmes avec lui ?

– Non. C'est un excellent élève, oui. Il a des comportements étranges. »

Je lui ai expliqué ce que j'entendais par « comportements étranges ». Elle n'avait pas remarqué cela. Elle a marqué un silence, m'a regardée fixement.

« Quel âge il a, ce Julien ? »

C'est elle qui a posé la question.

« Je ne sais pas… »

Elle regarde la liste d'appel.

« Dix-huit ans. »

Nouveau silence.

« Je pense que c'est l'âge.

– Comment ?

– L'âge. »

Elle m'a lancé un sourire de sphinx et je n'ai jamais eu plus d'explications. Je jette un œil à mon casier. Une note de l'administration, je dois récupérer un document.

« Tu as une minute ? »

Je sursaute. Woltran, le prof de bio. Ses lunettes sont de travers et son odeur pas très nette.

« Oui, bien sûr. Qu'est-ce qu'il y a ? »

Il m'enjoint de baisser d'un ton et s'éclipse vers un cagibi. Il me fait signe de le rejoindre. Woltran seul possède la clé de ce cagibi où il entrepose des bouteilles aux couleurs louches, des vieux journaux, des classeurs, que l'on aperçoit à travers une porte entrebâillée. On raconte qu'il s'y fait livrer des colis. Tout et n'importe quoi ; bonbons, cahiers, chaussettes, couvertures… Plusieurs collègues et moi se demandent s'il n'est pas SDF. Je rentre, il vérifie si des témoins ne pourraient pas surprendre la conversation. Il ferme la porte. Je me sens mal à l'aise.

« Dis-moi… Tu n'aurais pas vu Pierre Pirandello rôder autour du bâtiment C ?

– Heu, non, quand ça ?

– La semaine dernière. En fin de semaine dernière.

– Les élèves n'ont plus le droit de circuler autour du bâti-ment C ?

– Si, si… – il s'approche dangereusement de moi et je réa-lise que son haleine est pestilentielle – mais je crois qu'il avait cours à cette heure. Et il regardait son portable.

– Les élèves n'ont plus le droit de regarder leur portable dans la cour ?

– Si, si, mais… avoue que c'est curieux.

– Je suis désolée, je ne vois pas ce qu'il y a de curieux, dis-je en réalisant que ma collègue de maths a dû me trouver aussi folle que lui, avec mes questions sur Julien. Je dois repartir en cours, tu me libères ? »

Je dis cela sur le ton de l'humour, ça ne le fait visiblement pas rire. Il consent à m'ouvrir la porte.

En réalité, j'ai fini ma journée ; je rejoins Madeleine chez sa nourrice, car depuis quelque temps, j'ai jugé préférable de confier la petite à une nourrice plutôt qu'à Stéphane qui la relègue à sa mère.

Léa est une fille de dix-huit ans en échec scolaire. Elle a tenté deux fois le CAP petite enfance et je n'ai pas compris la raison pour laquelle elle l'a raté. « Famille instable », m'a dit une collègue qui l'a eu au collège. J'aime la façon dont elle s'occupe de Madeleine ; douceur et retenue, ça me change de Sylvie... Pour la remercier, je lui ai offert un livre de Milan Kundera, mais le présent n'a clairement pas été apprécié. Léa y a vu de la condescendance. Je lui ai expliqué que mon cadeau était preuve de ma considération. Elle s'est mise en colère. J'ai laissé tomber, on a été boire un verre. Elle parle de son travail avec une sensibilité surprenante. D'accord, elle me parle de Madeleine et ça m'intéresse.

« Elle est autonome, me dit-elle, et elle n'appelle que pour les câlins... C'est le pied. »

Je souris. Madeleine sirote sa grenadine, la couette de travers, les doigts tachés de feutre.

« Au fait, vous avez vu la maîtresse ? »

Je cille.

« Non, pourquoi ?

– Ben pour les bleus de Madeleine !

— Les bleus ? Quels bleus ?

— Qu'elle a partout, sur ses bras !

— Quoi ? Mais Madeleine n'a pas de bleus ! »

Léa attrape un poignet dodu et soulève la manche de son pull. L'avant-bras de Madeleine est couvert d'hématomes, jusqu'au coude. Je ne peux plus prononcer un son.

« La maîtresse a dit qu'elle vous appellerait... Comment elle s'est fait ça ?

— Ah, ça... Elle était tombée dans les escaliers, mais c'est étrange qu'elle en garde des marques ; c'était il y a des mois ! »

J'ai sorti la première phrase qui m'est passée par la tête. Je tremble. Qu'est-il arrivé à ma petite ? C'est Léa qui lui fait prendre le bain ; depuis quelque temps, Maddie enfile son pyjama seule. Donc je n'ai rien vu. Je me hais.

Cette nuit, Madeleine dort en ma compagnie, d'un sommeil agité. Elle pleure et ce ne doit pas être son premier cauchemar, mais moi, enfermée dans mon bureau à trois heures du matin ou la tête ailleurs, je ne l'entendais pas. Je ne me demande même plus ce qui a pu se passer, simplement, pourquoi j'en suis arrivée là. Je ne ferme pas l'œil de la nuit et reste penchée à la fenêtre, regardant les étoiles, fiévreuse, songeuse.

La maîtresse tire une tête longue de trois pieds. Elle me dit « asseyez-vous », comme ça, sans préambule, sans m'avoir serré la main, et je m'assois. « Je viens pour Madeleine », je dis et elle répond sur le même ton : « Merci, je m'en doute. » Tout à coup, j'ai peur.

« Il se passe un grave problème, Madame. »

Je comprends : la maîtresse me soupçonne de battre Madeleine. Je serre mes poings, la respiration courte.

« Votre fille est harcelée, Madame.

— Co… Comment ? »

La maîtresse s'explique. Madeleine n'a jamais eu d'amis. Un comportement inquiétant. Elle est seule et se renferme ; elle repousse toute tentative de rapprochement, et depuis quelque temps, un garçon de CP s'est mis à la taper dans un coin de la cour. Madeleine n'a rien dit à personne, c'est la maîtresse qui l'a surpris, qui l'a puni, a convoqué les parents. Elle a laissé plusieurs messages sur mon fixe, restés sans réponse à ce jour ; elle me demandait des rendez-vous urgents. Les bras de Madeleine étaient bien amochés !

« Je n'avais rien vu. Pardon. Je ne comprends pas. »

L'aveu est sorti tout seul ; la maîtresse ne répond rien. Elle me regarde, la bouche entre-ouverte, dure. Je la sens dénuée de compassion.

« Ce n'est pas à moi qu'il faut dire pardon, Madame. C'est à votre fille. »

Je répète « je ne comprends pas, je ne comprends pas », mais Madame Van Seden me fiche littéralement à la porte. J'ai le cœur gros. Je retourne à ma voiture les jambes flageolantes, j'avale ma salive, j'appelle Stéphane.

« C'est toi ? Qu'est-ce que tu as ? »

Stéphane me tire la gueule depuis que sa mère ne garde plus Madeleine.

« Tu as su pour la petite ?

— Quoi ? Encore un truc par rapport à ma mère ?

— Ma parole, tu crois qu'il n'y a qu'elle sur Terre ! C'est grave, Stéphane.

— Allez, accouche ! »

– Écoute… Il faut qu'on en discute de vive voix. Passe à la maison.

– Hein ? Tu me dis qu'il y a un truc grave et tu me raccroches au nez ? Ça va pas ? Passer à la maison ! Et Carine, hein ? T'inquiète, chérie, je vais juste chez mon ex…

– Arrête de faire l'autruche, tu ne parlais pas comme ça avant. Viens, c'est tout. Madeleine a eu un ennui à l'école. »

C'est évidemment de ma faute. Quand Sylvie et lui s'occupaient de Madeleine, ça allait très bien à l'école ; je l'ai récupérée, je l'ai confiée à cette gamine, et ça a tourné à la cata. Stéphane m'attend sur son perron de pied ferme.

« Je *vois*, hurle-t-il, qu'il y a un truc qui cloche ! Je te connais, Sarah. Par cœur. Il se passe un truc bizarre dans ta tête, je ne sais pas, il se passe un truc. Tu te rends compte, là ? Un peu plus et les services sociaux débarquaient ! »

Il se sert un troisième verre de vin. Je ne m'inspire que mépris ; moi qui critiquais son lumbago imaginaire, je me sens sotte. Je suis un boulet, une gamine à gérer, une incapable.

« Madeleine n'ira pas à l'école pendant un moment. Elle restera avec sa nourrice et moi. »

Il sursaute. Ses yeux écarquillés m'auraient tuée.

« Avec *sa nourrice et toi* ? Non mais tu rigoles. Tu ne crois pas que votre duo de choc a assez fait de dégâts ? Madeleine revient chez nous ; je reprends le travail, et *ma mère* s'occupera d'elle. Oh, inutile de bouder ! Je peux t'en créer, des ennuis ! Profite de tes jours libres pour consulter un psy, faire le point sur ce qui ne va pas au boulot, parce que merde, tu donnes dix-huit heures de cours et tu trouves le moyen de négliger ta fille, c'est fort, là, très fort !

– Et les copies ? Et la préparation des cours ? »

Voilà, je me justifie bêtement. Ma voix tremble, je suis prête à craquer.

« Ah ben oui, excuse-moi ! Pas de souci ; je reprends Madeleine, tu corrigeras tes copies tranquillement. Allez, j'ai assez perdu de temps. Je passe la prendre demain. »

Il claque la porte. C'est le début des vacances.

VII

RAPPELLE-TOI BARBARA

Je suis amoureuse. Quand il sort de la classe, je regarde où il va. Je l'ai compris un jour de fin novembre. Je quittais le lycée sous une pluie battante, c'était une de ces matinées où *le ciel bas et lourd pèse comme un couvercle*, où il est difficile de capter l'attention des élèves, un mercredi, et je marchais derrière une jeune fille. J'allais lui proposer mon parapluie parce qu'elle n'avait rien sur la tête, elle grelottait, les mains dans les poches, les cheveux longs, mouillés et roulés sur un côté.

Elle marche d'un pas décidé. Pauvre petite, je me suis dit, elle est folle de s'aventurer dehors par ce temps... Elle aurait dû attendre que la pluie cesse. Je vois qu'un garçon l'attend au coin de la rue, et ce garçon, c'est Julien. Il lance un sourire rayonnant et plein d'ambiguïté. À elle, ou à moi. Je ne regarde pas s'il lui tape la bise, s'il l'embrasse, rien, je garde la tête droite, ça ne me regarde pas, et je prends la direction de chez moi. Je me rappelle un poème de Prévert : *rappelle-toi, Barbara, il pleuvait sans cesse sur Brest ce jour-là...* J'avance.

Une fois à la maison seulement, j'identifie cette douleur qui irradie mes entrailles. Douleur qui me secoue, me fait, d'un seul coup, éclater en sanglots, répondre de travers à l'appel de

Stéphane (« tu es folle, tu es complètement folle... »), aller et venir sans but, d'une pièce à l'autre, presque en courant, la jalousie vous dis-je, ça craint mais c'est ainsi. C'est qui, cette fille ? Cette fille dont je n'ai pas vu le visage ? Si je lui avais proposé mon parapluie... Si elle ne marchait pas si vite... Si je m'étais retournée, discrètement, j'aurais vu. Est-ce qu'elle l'a embrassé ? Non, je préfère ne pas savoir. Admettons, elle l'a embrassé, et alors, en quoi ça me concerne ? Étrange, j'ai souvent pensé à Julien, et jamais à l'éventualité pourtant plausible qu'il puisse avoir quelqu'un dans sa vie. Jusque-là, je ne l'ai vu qu'avec des garçons. Je ne me suis pas posé la question. Ça n'avait pas d'intérêt, un garçon de dix-huit ans vaque à ses jeunes occupations, parfois il a une petite amie, mais voilà, tant mieux pour lui, c'est très bien... Eh bien non. Je suis au supplice. Au supplice de ne pouvoir retourner là-bas, sous la pluie, de ne pas savoir ce qu'il fait, s'ils sont ensemble, ce qu'ils se disent, s'ils se parlent, s'il lui a vraiment, comme il me l'a semblé, pris la main, où ils sont allés, si elle a souri parce qu'elle le retrouvait, malgré la pluie. Merci à elle de m'avoir fait savoir que je suis amoureuse de son ami, de son amant, et soudain je me demande : sait-elle quelque chose de ces regards emplis de désir qu'il pose sur moi ? La question reste en suspens. Un moment. Et une autre idée me vient à l'esprit ; n'ai-je pas, dans le comportement de Julien, vu ce que j'ai bien voulu voir ? Ne me suis-je pas trompée ? Oh, mon Dieu, retrouver le visage de cette fille, pouvoir lui parler... Pouvoir parler au fantôme perdu sous la pluie, Barbara inconnue, et savoir si c'était elle ou moi que regardaient les yeux noirs, et à qui il souriait. J'essaierai de savoir, Julien. Je t'ai trouvé très beau sous la pluie, on devinait entre tes lèvres brunes, je me souviens, l'éclat blanc de tes dents, légèrement. *Elle* a dû te trouver très beau.

En ce jour de fin novembre, je plonge dans une torpeur dont je n'émergerais plus. Je me suis dit mauvaise journée, j'ai le cafard, en songeant que ça irait mieux demain. Mais dès le lendemain je n'ai vécu que lorsque tu étais là. Les tracas quotidiens des gens ne m'ont plus concernée.

Je ne me suis mise à exister que le lundi, le mercredi, le vendredi, à certaines heures, les heures où je côtoie Julien.

Les coups de fil de Steph sont devenus sots et importunants. « Je croyais, lui ai-je dit, qu'on ne s'appellerait plus qu'en cas d'urgence! Ça fait trois fois cette semaine, tu as une nouvelle femme, tu ne veux pas t'occuper d'elle? » Il a pensé à une crise de jalousie. Ce pauvre Steph.

Ma mère est venue me visiter deux ou trois fois pour me reprocher mon comportement à l'égard de Sylvie et de Carine. « Je comprends que tu le prennes mal, mais cette jeune femme ne t'a rien fait! C'est un membre de la famille, maintenant. Je te rappelle que Steph et toi, vous avez une fille en commun; et que tu le veuilles ou non, sa nouvelle épouse va l'éduquer. » J'ai manqué péter un plomb. Depuis plusieurs jours mes nerfs étaient à fleur de peau.

Je n'ai plus la patience d'écouter les conseils d'Olivier. Un soir, je l'envoie méchamment bouler au téléphone, excédée par sa posture d'être supérieur et omniscient. Il m'a dit : « Toi, on croirait que tu as toujours tes règles. » J'ai repensé à sa réflexion en prenant mon bain. En guise de mea culpa, je l'ai invité à dîner.

« Il paraît que tu es atroce, Steph m'a dit que tu lui as raccroché au pif. C'est à cause de Carine ?

– Non… Olivier, je peux te dire un truc ? J'ai un ennui. »

Il hausse un sourcil.

« Un ennui ? Toi ? Non, pas à ton job de planquée !

– Eh bien si.

– Un élève qui t'agresse ?

– Non. Un élève qui me plaît. »

Olivier ne réagit pas. Il boit une gorgée de vin, fronce les sourcils ; je n'ai pas dû être assez explicite. Je bafouille :

« Un élève qui me plaît… Un élève… désirable.

– Oui ben merci, j'ai compris. Tu veux qu'il te baise, quoi. »

J'en tombe mon morceau de gratin dauphinois.

« Eh bien… C'est tout ce que ça t'inspire ?

– Tu en as parlé à quelqu'un ?

– Ophélie. Mon ex-belle-sœur.

– Elle t'a dit quoi ?

– Ce qui m'intéresse, c'est que tu en dis, *toi*. »

Il se prend la tête entre les mains, l'air souffrant. Olivier est un champion des histoires de cœur compliquées ; le voilà battu à plate couture.

« Et… Tu le fréquentes, ce garçon ?

– Non ! C'est mon élève.

– Et alors ?

– Olivier ! Au moindre pas… Je risque la perte de mon boulot, tu comprends ce que ça signifie ? Plus de salaire, plus de Madeleine…

– Et tu ne prends pas le risque ?

– Arrête tes conneries !

– Mais ce garçon, il t'a fait des avances ? »

Il me dévisage, incrédule. Je n'avais pas songé à cette évidente question.

«Non… enfin, tout dépend ce qu'on appelle des avances.

– Ben, il t'a filé son numéro, une invitation à boire un verre, autre?

– Non. Rien de ce genre.

– Qu'est-ce qu'il a fait, alors?

– Il… Je vois que je lui plais. Du moins, il me semble.

– C'est pas une réponse, ça. Je vais te dire, moi : tu lui plais. Et c'est pour ça qu'il te plaît. Tu demandes à lui parler à la fin d'un cours; tu y vas franchement. Des avances bien explicites. Crois-moi, il ne racontera rien à ses copains si…

– Olivier!»

Je réprime le sanglot qui monte. Olivier me toise, dédaigneux, et lèche ses doigts huileux.

«Mais tu crois qu'il parle comment à ses copains, petite conne? À ton avis? C'est un ado, merde, tu travailles avec eux, tu sais comment ils fonctionnent! Il leur dit qu'elle est bonne la prof de français, j'ai trop envie de me la faire, et encore je suis soft, et…

– Arrête! Tais-toi!

– Tu joues à l'oie blanche ou quoi? Je n'ai qu'un conseil. Go Sarah. Prends ton pied, tu as oublié que tu étais une femme. Tu es franchement jolie. Tout ça, c'est sain, c'est normal, et ma foi, s'il te plaît… Ben ne va pas te priver.»

Je repense à notre conversation dans mon lit. Il est deux heures et demie du matin. Quand Olivier pose les pieds chez moi, il ne décolle pas. Je suis partie pour une nuit blanche.

J'arrive désastreusement cernée devant les secondes D; je leur donne un travail qui me permet de me reposer vingt minutes; rédiger sur le modèle de Flaubert un article pour un *Dictionnaire des idées reçues*. Nous avons eu un fou rire lorsque Pierre Pirandello a partagé son travail ; il s'agissait non pas d'un article mais d'un poème qui ne répondait pas au sujet et qu'il a déclamé de sa plus belle voix :

« *XIXᵉ siècle Flaubert, 2015 Pirandello Pierre, Nous sommes séparés, Par des centaines d'années, Mais comme lui je sais vanner, Les gens bornés.* »

J'ai peine à calmer mon rire. Quand celui des élèves se tarit, le mien revient. L'heure n'a pas été très productive et Pierre Pirandello ne sait plus où se mettre.

Le Bateau ivre, chez les premières, déclenche des réactions variées. « Ouais tu parles le gars il a dix-sept ans… il se la raconte… » J'ai droit à l'éternel « c'est vrai qu'il était homo Madame ? ». Julien n'est pas là. Est-il malade ? Je me pose la question en remettant les chaises en ordre pour la classe suivante. Son entrevue avec la jeune fille qui marchait sous la pluie s'est-elle bien passée ? L'aime-t-il ? Je songe aux regards qu'il m'adresse. Non, je ne rêve pas. Mais c'est un jeu d'adolescent… rien de plus. Et des frissons me parcourent l'échine.

Il y a eu un scandale en salle des profs. Une collègue d'allemand a accusé une professeure d'incompétence, sous prétexte qu'elle n'avait pas le CAPES ; Caroline et Clothilde, mes collègues de langue, m'informent de la situation ; elles sont remontées contre cette femme aigrie, et même si je me sens larguée, je partage leur mépris. Un noyau de collègues installés fait la pluie et le beau temps dans la salle des profs du lycée Baudelaire. Cette Mme Rambouillet, membre du cercle des anciens, les agacerait depuis longtemps.

« Mais c'est qui, cette femme ? je demande.

– Hein? Tu ne vois pas? Celle qui a des bouclettes, qui parle dans sa barbe et te ne regarde jamais en face... Elle est reconnaissable.

– Jamais vue.

– Tu ne vois jamais rien!»

C'est vrai. Je m'occuperais mieux de mes collègues plutôt que de chercher à savoir ce que Julien fait de ses mercredis soirs. Et voilà que Woltran me fait signe depuis son placard à balais; ai-je coincé Pierre Pirandello? Il a pompé à son dernier devoir. Je me tape une discussion d'un quart d'heure, et je retourne en cours sans avoir mangé.

Les secondes B ont oublié ou feignent d'oublier qu'ils ont devoir. Cinq minutes pour les convaincre qu'ils n'ont pas d'autre choix que de plancher; pendant leur interro, je regarde discrètement mon portable. Aucun message. Madeleine n'a pas de souci. Je m'autorise quelques coups d'œil par la fenêtre, une ancienne habitude d'élève qui s'emmerdait en cours de maths. Mes premières se détendent. Julien est pris dans une discussion avec son ami Mathieu. Ils sont tous les deux en tee-shirt malgré la fraîcheur. Julien est très bronzé. Par curiosité, je cherche l'origine de son nom sur Internet; la question me taraudait depuis quelques jours. Nom arabe, me dit Google. Origines de son père? De ses grands-parents? Il ramasse sa veste, s'en va en laissant Mathieu.

«Madame?»

Il fouille dans la poche de sa veste, son téléphone qui sonne, sans doute, je le vois qui répond d'un air préoccupé en s'éloignant.

«Madame?

– Ah, pardon?

– On a les deux heures, Madame?

– Ah, oui. Oui, bien sûr. »

Je retourne à mon bureau. Florine, qui m'a interpellée, regarde par la fenêtre ce qui me captivait tant ; elle voit la silhouette de Julien qui s'éloigne. Elle hausse un sourcil et reprend son travail.

VIII

LE PÉDANT

Depuis le fiasco Freddie, Olivier ne m'a plus importunée avec ses présentations de célibataires. Il a compris que c'était peine perdue. Une lubie, un blocage, appelez ça comme vous voulez, mais voilà, ça ne m'intéresse pas. Si bien que j'ai omis de parler du Pédant.

Le Pédant a mis le grappin sur moi deux semaines avant les vacances. Un collègue de français pompeux qui cite Lamartine à tout va et finit ses blagues par des « n'est-ce pas ? ». Il a cru m'en mettre plein la vue en m'expliquant qu'un poste l'attendait à la fac ; normal, il termine sa thèse. Ses discours, donc, que j'interrompais par quelques « oui oui » histoire de montrer, en fille polie, que je ne m'étais pas endormie, constituent sa tactique de séduction la mieux rodée. Il vous isole des collègues qui le détestent et qu'il méprise, vous coince entre la porte et les casiers, lisse ses cheveux et son col en amidon, puis commence sa conférence. En tant que nouvelle, je ne figurais pas dans les grâces du noyau aigri ; surprise en sa compagnie, c'était foutu. Je suis allée consulter son emploi du temps au secrétariat pour éviter les moments où je risquais de le croiser. Il y en avait peu.

À la rentrée, il est passé à l'offensive : invasion de mon mur Facebook, sourires appuyés, pied de grue devant ma salle aux intercours. Des rires se répandent parmi les élèves. On se demande quelle est la nature exacte de nos rapports et il entretient le mystère. Il lui chasse Julien qui s'attarde trop à son goût, quand il désire partager ses derniers hauts faits universitaires. Je prends d'ordinaire mon mal en patience. Mais en l'entendant crier : « Qu'est-ce que vous fichez là, vous ? Vous n'avez pas cours, à cette heure ? » contre Julien qui, adossé à la porte, guette peut-être notre conversation, attend un ami, ou le début du cours, je réplique que j'aimerais être tranquille une ou deux minutes avant l'arrivée de mes élèves. Je ne l'ai plus vu pendant quatre jours.

Le Pédant est un type qui a, je crois, dans les trente-cinq ans, quoiqu'on lui en donnerait cinquante. À ma connaissance, il n'a eu ni femme ni enfant et de toute façon il ne vit que pour le travail. Je l'intéresse parce qu'il a déniché en moi le public idéal : jeune, seule, divorcée.

Je vais déposer les copies des premières dans mon casier, et j'y trouve papier qui ressemble à un carton d'invitation ou un faire-part.

« M. Di Grassi a le plaisir de vous convier à sa conférence : "Lamartine et les Méditations poétiques : l'éthos élégiaque d'un romantique en proie au mysticisme", qui se déroulera samedi 22 novembre 2014 à 16h, université Panthéon-Sorbonne. »

Je déglutis. Ça sue le gars qui s'écoute parler, je me dirige vers la corbeille lorsqu'on lance :

« Bonjour Sarah, si tu veux, on peut covoiturer. »

Pincez-moi, je rêve. Il ne prend pas la peine de me demander si je viens. C'est une évidence.

«Eh bien… Ce samedi-là, j'accompagne les premières au centre Infosup.

– Je sais. Je me suis arrangé avec la proviseure, leur prof principal ira à ta place. Elle est ravie à l'idée que tu m'accompagnes à cette conférence. Pour toi qui n'as jamais enseigné au lycée, c'est une opportunité, cela te permettra par exemple de monter une séquence sur Lamartine. En plus, je peux te transmettre tous les documents…

– Mais…

– On se dit samedi à deux heures devant le lycée? Ou préfères-tu que je passe chez toi?

– Mais je dois garder ma fille et…

– Tu te trompes de samedi, Sarah! – Il sourit – Ce jour-là, il était prévu que tu ailles à Infosup, à moins que tu ne veuilles y emmener ta fille? Il n'y a pas de problème; j'ai tout arrangé, tu peux m'accompagner tranquille. C'est une formidable opportunité.

– … Je te remercie.»

Non, là, il faut que je m'asseye. Pourquoi tout m'échappe ainsi? Pourquoi ma fille m'est arrachée, pourquoi ai-je obéi à ce type? Qu'est-ce qui ne fonctionne plus dans ma tête?

Je rentre désabusée. Écœurée. Il a eu l'audace de me bombarder de commentaires Facebook, et comble, un message : *« Sarah, j'ai eu l'impression tout à l'heure que tu t'inquiétais à propos de cette conférence; les premières seront bien pris en charge par leur professeure principale, j'ai la confirmation écrite de la proviseure. Je suis très heureux à l'idée que nous partagions ce moment. J'ai hâte d'avoir ton point de vue sur mon travail. »* Laissez-moi vomir. Et il s'acharne! Non seulement sa drague est lourde, ridicule, pathétique, et il me file du boulot supplémentaire. Qu'est-ce que j'en ai à foutre, de cette conférence sur l'éthos romantico-élégiaque de Lamartine? Le Pédant appartient à cette race de séducteurs qui relance le filet quand le poisson lui échappe. Un coriace. J'envoie un SMS à Olivier, le marabout des cœurs, pour lui demander comment me débarrasser de ce pêcheur en eaux profondes. Sa réponse, concise, ne tarde pas : « *Lol* ». Merci, Olivier.

Je décline une invitation à dîner d'Ophélie ce samedi ; ben oui, je covoiture avec un type qui m'impose une conférence sur les « moi je » dans la poésie de Lamartine, on ne peut pas être partout.

La veille, Caroline, Clothilde et moi nous octroyons une pause pour boire un verre. Cette respiration arrive à point nommé. Ce sont les deux seules collègues de l'établissement qui me sont vraiment sympathiques. Similitudes, connivences de génération. Découvertes et déconvenues de jeunes profs. On gratte ensemble le vernis hypocrite des collègues, on se cogne contre les remarques déconcertantes des élèves, on rit de situations qui font à peine hausser les sourcils des expérimentés. Caroline est prof d'italien, Clothilde d'allemand. Elles aussi enseignent pour la première fois en lycée. J'ai la classe de première ES1 en commun avec Clothilde et la seconde D avec Caroline. Clothilde a eu droit au placard de Woltran, et aux avertissements concernant Pirandello. D'après elle, il avale des produits périmés. Les secondes D ont rendu des travaux à Caroline ; il s'agissait de créer un dossier sur une ville du futur, elle a pris celui d'Alexandre Viallet en photo. Alexandre a fait un montage de sa propre tête sur le corps d'un présentateur JT 2050. Je n'ose pas évoquer la conférence. J'ai honte d'avoir accepté comme une petite fille. Je perds mon libre arbitre.

Le fameux samedi arrive et le Pédant me fait prendre place dans sa BM. Nous parlons (il parle) alexandrins tout le long du trajet. Je le sens détendu, sûr de lui ; son topo est prêt, les gens l'attendent, il sera acclamé. Enfin, les gens l'attendent… Vite dit, si, comme moi, ils sont des invités forcés. Au milieu de la cinquantaine de personnes, je repère M. Gonzo, un collègue d'espagnol et admirateur du Pédant. Son unique groupie du lycée.

« Tiens, tu es là toi ? Tu assistes à la conférence d'Hervé ? »

Non, non, je joue aux dominos.

« Ben oui.

– Il t'a invitée ?

– Oui. »

« Invitée » est une litote.

Le Pédant serre quelques mains. Il monte sur l'estrade, se racle la gorge et teste son micro. Les derniers arrivants se faufilent. Vidéoprojection :

« "Lamartine et les Méditations poétiques : l'éthos élégiaque d'un romantique en proie au mysticisme", conférence présentée par Hervé Di Grassi, professeur agrégé de lettres modernes et doctorant.

Premier temps : "La représentation du poète comme figure élégiaque dans les Méditations poétiques".

Second temps : "Les tourments d'un mystique romantique".

Troisième temps : Échanges avec le conférencier. »

La conférence s'apprête à démarrer lorsque le Pédant fait une chose ahurissante. Il embrasse la salle du regard, et oubliant à qui il s'adresse ou à l'inverse en ayant parfaitement conscience qu'il parle à ses pairs, il s'exclame au micro :

« Silence, s'il vous plaît ! »

Consternation de l'assistance. Petit blanc, puis c'est parti pour une heure trente d'ennui. Il débite son texte, me repérant dans la foule, me jetant de furtifs regards. J'ai intérêt à suivre la leçon. Mon portable que je croyais avoir mis en mode silencieux vibre. Numéro inconnu.

« Bonjour Sarah. Olivier m'a dit que tu étais toujours célibataire. Je n'ai pas l'impression que le feeling soit passé de ton côté mis j'aimerais t'inviter à dîner. Demain soir ? Freddie. »

Je sors la première excuse qui me tombe sous la main.

« Bonjour Freddie. C'est gentil de ta part mais je ne suis pas libre ce soir-là, j'ai des copies à corriger. Bises. »

Pourquoi je refuse ? Je n'en sais rien. Manque d'entrain. Ce Freddie est plaisant, me plaisait… Enfin, pas de quoi faire un effort. Je sens que durant ce dîner j'aurais joué un rôle, composé, et je ne suis pas d'humeur. Soit on en serait restés là, soit je l'aurais rappelé, ou il m'aurait rappelé, sans conviction, et on se serait traînés au rendez-vous. Trouvant mon excuse soudain brutale, j'envoie un second message.

« Beaucoup de boulot et pas le cœur à sortir en ce moment. C'est quand même sympa d'avoir pensé à moi, Freddie. Bisous. »

Quelques mois plus tôt, j'y serais allée, convaincue de passer un bon moment. Mais quelque chose s'est brisé en moi, je sens que le château de cartes qui tient ma personnalité, comme la colonne vertébrale tient notre corps, s'effondre, et je ne fais rien pour l'en empêcher. Et est-ce possible ?

Il y a quelqu'un qui a tout changé, je me dis, tandis que l'orateur étale sa culture telle de la marmelade bon marché. Tu ne t'y attendais tellement pas… Tu étais sûre de toi, hein ? Sûre, malgré le divorce, qu'il ne t'arriverait rien. Qu'il ne t'arriverait dans ta vie que des choses *normales*, eh bien non, désormais, tu appartiens à la race des personnes à qui il arrive des faits extraordinaires, la race des gens à faits divers. Ça a l'air d'une broutille, d'ailleurs nul ne le remarque, tu peux arpenter les couloirs du lycée tranquille, il n'y a aucune inscription sur ton front. Mais toi, quand tu le vois ce Julien, quand ton cœur bat, que ta chair parle, c'est un moment d'oubli, de bonheur, de néant, et là tu comprends que du château de cartes écroulé, renaîtra une nouvelle personne…

Je me rassure. C'est une transition, une crise, oui, une sorte de crise de la trentaine. Ça arrive à plein de femmes. Elles ont des lubies. Des envies bizarres. C'est la jeunesse qui se termine, oui, ça doit être ça, et il y a eu le divorce, la garde partagée de Madeleine, les ennuis avec ma belle-mère, trop d'événements en même temps, oui, trop.

Les auditeurs à mes côtés n'entendent pas mon cœur affolé. Je quitte mon siège assez brutalement pour faire tourner la tête d'une vieille dame, et me rafraîchir aux toilettes.

Et si je lui disais? Si je lui disais tout, à Julien? Si, quelque part, Olivier avait raison?

Dans la glace, je peine à reconnaître mon reflet. J'ai les lèvres blanches et les yeux rouges, humides. J'ai l'air plus vieille que mon âge, et cette fébrilité me donne une beauté lointaine; cette beauté non plus, je ne la connais pas. Ce n'est pas la mienne.

M. Gonzo, le groupie du Pédant, se dirige vers moi. Il réprime un mouvement de surprise et sourit. Je m'aperçois que je suis dans les toilettes des hommes.

«Ah… Je me suis trompée!»

Je me force à rire, il répond, «je vois ça», et je pense que je vais me taper le Pédant au trajet du retour en regagnant ma place.

Je n'ai pas participé aux échanges. N'ayant pas la force de simuler l'admiration, je feins une migraine, terrible, épouvantable, et il me fiche à peu près la paix. À peu près, car j'ai droit à deux ou trois questions : «comment tu m'as trouvé? Qu'est-ce que tu en as pensé?» J'étanche la soif de son ego grâce à un résumé flatteur de mes fausses impressions.

De retour chez moi, énervée et épuisée, j'arrache mes vêtements, je me plonge dans un bain et je pense à lui.

IX

LA PENSÉE SUR LE BAIN DANS LA PIÈCE SANS GLACE

J'ai repris mon rythme de garde auprès de Madeleine. En fait, j'ai menacé Stéphane de procès s'il ne me laissait pas mes droits. Notre arrangement (lui la semaine, moi les week-ends) avait été conclu à l'amiable à cause de ses arrêts et de mon travail. Je ne peux plus supporter l'idée qu'en plus de Stéphane et de sa mère, cette Carine se l'accapare.

«Salut, j'ai dit un vendredi, je récupère Madeleine, et ce pour la semaine. Tu la prendras les week-ends, comme tous les pères divorcés de France et de Navarre.

– Hein? Quoi?»

Steph porte une chemise de soie et sent le vin. Pourtant, il ne fête pas d'anniversaire…?

« Oui, dit-il avant que je ne lui pose une question, j'épouse Carine… On vient de se fiancer…

– Ah.

– En général, on dit félicitations.

– Eh bien félicitations. Ça n'est pas un peu… tôt?»
Il sourcille.

«Tôt pourquoi? Tôt par rapport à quoi?

– Vous ne vous fréquentez pas depuis longtemps, non ?

– Et alors ? Si c'est la bonne ?

– Oui… Oui, tu as peut-être raison. »

Il doit percevoir le soupçon d'aigreur dans ma voix. Pendant qu'il avance, poursuit sa vie, bâtit des projets, je reste les bras ballants à soupirer après un élève de dix-sept ans.

« Eh bien, tu ne vas pas ?

– Si, si…

– Tu as changé Sarah.

– Comment ?

– Tu as changé. »

Il plante son regard au fond du mien puis inspecte ma personne, de haut en bas.

« Tu te maquilles beaucoup je trouve. Et cette façon de t'habiller… ben, ça n'est pas toi.

– Et alors ? Tu n'as pas changé, toi ? »

Je lui renvoie sa question avec un sourire narquois.

« C'est un constat. Et je me demande ce qui est à l'origine de ce changement.

– Rien de particulier. Et Carine, elle est où ?

– Partie chez ma mère, tout à l'heure, pour lui annoncer la nouvelle de vive voix.

– Madeleine n'a pas fini sa sieste ?

– Non, comme tu peux le remarquer. Un verre ?

– Merci, ça va. Je n'ai pas soif.

– Sarah, tout va bien en ce moment ?

– Mais oui pourquoi ça n'irait pas ? »

Mon ton agressif semble le surprendre.

« Je ne sais pas, les élèves, les collègues… C'est la première fois que tu enseignes en lycée et j'ai l'impression que ça te fatigue. Ou que tu n'es pas bien, mais peut-être que je me fais des idées! Si quelque chose n'allait pas, tu m'en parlerais, hein?

– Bien sûr Steph.

– J'espère. Tu sais que tu peux compter sur moi.

– Oui, je sais.

– Bien. Va voir, doucement, si Madeleine est réveillée... C'est son heure.

– J'y vais. Dis-moi Stéphane... J'aimerais te dire quelque chose.

– Je t'en prie.

– Pas maintenant. Promets-moi que tu ne me jugeras pas.»

Il me dévisage, stupéfait.

«À moins que tu aies commis un crime, je ne vois pas pourquoi.

– Merci. Je te félicite sincèrement pour tes fiançailles avec Carine.»

Madeleine et moi rentrons soulagées. Léa a repris son service. Elle a eu vent du rôle honteux que j'ai joué dans le scandale des hématomes et m'a dit cash ce qu'elle pensait:

«Je suis désolée, sa petite, on s'en occupe. La gosse avait des marques partout sur les bras et vous n'avez rien vu?»

Et j'ai dû rendre des comptes, à cette gamine, lui dire que oui, j'ai été fautive, mais je ne suis pas très bien ces derniers temps... Elle a lancé un «pff» plus méprisant que tous les discours et a accepté mes explications. Léa s'en fiche, de moi. Contrairement à Sylvie, à Stéphane, à la maîtresse, elle n'a aucune animosité personnelle. Elle adore Madeleine. C'est tout.

Je songe que les vacances de Noël approchent et cette idée me fait plaisir. Madeleine et moi allons chercher un sapin. Il y a longtemps que je ne le fête plus avec mes parents parce qu'ils m'agacent ; l'un sans l'autre, ça va, les deux ensemble, c'est trop. Comment je dois élever Madeleine, pourquoi j'ai eu tort de divorcer, et Sylvie est si gentille… On s'organisera comme l'an dernier : Madeleine, Olivier parce que, bizarrement, il est toujours seul aux fêtes de Noël, et moi.

Je donne mon dernier cours de l'année civile aux premières ES1 ; cours sur *Nadja* d'André Breton sauvé par Julien… Je parle de l'abolition des frontières entre conscience et inconscient et quelques secondes je m'arrête dans son regard, quelques secondes de bien fou, de trop. Quand Julien tarde à ranger ses affaires et me demande si on étudiera d'autres passages de *Nadja,* je me surprends à songer que les vacances vont être longues.

Il endosse sa veste, et je lui dis, d'une voix que je ne reconnais pas :

« Il a plu. Votre veste est mouillée. Ne l'enfilez pas Julien ; vous allez attraper mal. »

Il marque un temps d'arrêt.

« Comment ?

– Vous allez attraper mal. Froid. Votre veste est trempée…

– Vous avez raison. »

On se sourit. Il passe une main dans sa chevelure, une main brune, d'un geste rapide, gêné. Il baisse les yeux. J'ai le cœur qui s'emballe. Il passe la porte en lançant : « au revoir, Madame. »

Je suis la pensée sur le bain dans la pièce sans glace, me reviennent ces mots prononcés par Nadja tandis que je prends mon propre bain et pense aux gouttes d'eau tombées de ses cheveux. Je stagne, confinée dans la buée, car j'aime prendre le bain très chaud. Nadja, cette superbe inspirée de Notre-Dame des Lorettes. Nadja, «commencement du mot espérance en russe», nom qu'elle aime, car *ce n'est que le commencement*. Adolescente, j'avais feuilleté les pages du livre de Breton au CDI de mon lycée ; des notes incompréhensibles, des photographies, un collage représentant une main et un visage de blonde sur la couverture : il ne m'en fallait pas plus, j'étais fascinée. Impressionnée. J'allais au CDI pour revoir et relire les premières et quatrièmes de couverture de certains livres, toujours les mêmes : *Orgueil et Préjugés, Villa Triste, Les Fleurs bleues, L'or, Éloge de l'ombre*, sans jamais les emprunter. Je brodais des histoires à partir des résumés et j'ai adoré, des années plus tard, confronter mes fantasmes à la réalité de ces fictions.

Mes lectures de ces années-là m'ont foudroyée. *Les Hauts de Hurlevent. Rebecca. Belle du Seigneur.* J'en sortais ahurie. Chacune m'arrachait un pan d'innocence. L'expérience de la vie agit avec délicatesse ; c'est nous qui maîtrisons. Le roman est brutal. Sans pitié. Heathcliff, Rebecca, Neal Cassady, la Sanseverina, je les ai rencontrés à quinze ans, et plus encore que leurs machinations, leurs visions du monde me troublaient, et je me disais : est-il possible que l'on pense de cette manière ? Le roman me prouvait, hélas, que oui.

Je me suis forcée à lire des livres qui m'effrayaient, me disant, je dois m'y coller une fois pour toutes. J'avais de belles surprises ; d'autres étaient plus horribles que ce que j'avais imaginé. Aujourd'hui ces romans terrifiants figurent en bonne place dans ma bibliothèque, et je les remercie de m'avoir secouée. Je m'aperçois que Julien me procure un effet semblable à ces livres qui ont débuté par une piqûre, une piqûre d'abeille, même pas, de moustique, et qui se sont infiltrés en moi par les veines. Les livres intraveineuses. C'est joli, ça. J'ai à peine senti la piqûre ; piqûre si faible, oui, que je l'ai attribuée à autre chose, et qui s'est répandue dans mon sang. Et je me pose l'éternelle question. Que puis-je y faire ? Rien. Si tes mains deviennent moites, si tu trembles, si tu deviens fébrile, tu n'y es pour *rien*.

De la lecture. Voilà ce dont j'ai besoin. Ce soir, pas de copie, pas de télé, je ne prends pas la peine de me rhabiller et j'attrape, dans ma bibliothèque, *Les Hauts de Hurlevent*. Pour retrouver l'histoire du spectre tapant à la fenêtre, chez Heathcliff, une nuit d'hiver, et la lectrice que j'étais à quinze ans. *J'enfonçai le poing à travers la vitre et allongeai le bras en dehors pour saisir la branche importune ; mais, au lieu de la trouver, mes doigts se refermèrent sur les doigts d'une petite main froide comme la glace ! L'intense horreur du cauchemar m'envahit : j'essayai de retirer mon bras, mais la main s'y accrochait et une voix d'une mélancolie infinie sanglotait : « Laissez-moi entrer ! Laissez-moi entrer ! - Qui êtes-vous ? »* J'ai toujours pensé que les alcooliques devraient le lire ou le relire. Ces premières pages des *Hauts de Hurlevent* sont une liqueur qui assomme et paraît plus subtile chaque fois qu'on y goûte. Si on m'affecte en lycée l'an prochain, j'essaierai de caler le roman d'Emily Brontë dans mon programme, en lecture cursive. J'avais tenté l'expérience avec une classe de quatrième ; la moitié des élèves, arrivés à la fin de la séquence, n'avaient pas compris le début de l'histoire.

J'oublie que l'heure tourne, que la préparation des cours et les copies attendent. Au moment du fameux retour d'Heathcliff aux Hauts de Hurlevent, je regarde ma montre : minuit et demi. Eh bien… Les cours patienteront jusqu'à demain. Je suis en retard dans mes corrections mais il ne s'agit pas de les bâcler. Même si les élèves sont plus intéressés par la seule note que par l'appréciation et les annotations, je passe du temps sur chaque copie.

Je me suis assoupie au milieu de ma lecture ; j'ouvre un œil aveuglée par la lumière du dehors. Je suis en travers sur le canapé, habillée ; mon mascara s'étale, poisseux, et ma main a échappé le livre à la page 191. *Je suis sans pitié ! Je suis sans pitié ! Plus les vers se tordent, plus grande est mon envie de leur écraser les entrailles ! C'est comme une rage de dents morale, et je broie avec d'autant plus d'énergie que la douleur est vive.*

C'est sur ces sympathiques paroles que commence ma journée. Il est onze heures dix. Je me traîne à nouveau jusqu'à la baignoire, pour me réveiller. Je fais couler un bain glacé. J'en ai l'habitude, quand j'ai aménagé ici, il n'y avait pas d'eau chaude. Je me jette dedans sans la moindre hésitation, la fraîcheur de la température m'électrise. Je suis soudain rappelée à mes devoirs : préparation des cours, copies.

Un paquet de seconde B ; commentaire sur le songe d'Athalie. Le paquet commence bien ; les analyses sont pertinentes en dépit de la difficulté que présente le texte. Mais en arrivant au devoir illisible d'Alice Marset qui confond les lettres et les hiéroglyphes, je sens les larmes monter. Ce n'est pas un sanglot digne et pudique qui suit. C'est un cri, un chagrin qui me plaque la tête contre l'oreiller. J'ai peine à respirer. Je me souviens que des syllabes confuses m'ont échappé, que j'ai eu besoin de sortir.

Oublie-le, oublie-le, je me répète en marchant au hasard. L'an prochain, tu seras partie peut-être, tu sais que ce n'est pas possible, l'âge, ton métier, voilà!... Et tu aurais l'air de quoi? Tu ferais comment, d'abord?

Nous sommes en décembre. D'ici six mois l'élève Julien Hadji sera un souvenir sur un banc de classe et moi un dossier classé, la prof qui l'a préparé au bac de Français.

Si ça doit se faire... ça se fera. Grâce à cette devise fataliste qui m'écarte de toute responsabilité, je retrouve une sérénité.

Je m'écrase sur le lit et retombe dans un sommeil sans rêves; j'ai manqué un appel: Mélanie, mon amie qui vit en Angleterre. Elle m'a laissé un message; elle fêtera Noël en France et espère que nous aurons l'occasion de nous voir avec Lise, une amie de lycée également, aujourd'hui graphiste. Cette surprise me réjouit. J'allume la radio, il est seize heures quand j'attaque le petit déjeuner. Je suis en vacances, interdiction de toucher à une seule préparation de cours ou une seule copie pendant trois jours. Ce soir je vais récupérer Madeleine.

«Jolie mine», dit Stéphane en réprimant un ricanement.

Le miroir du vestibule me renvoie un portrait peu flatteur. Je suis blafarde et chiffonnée.

«Si tu n'étais pas si maigre, je dirais que tu as déjà abusé du vin et du chocolat; seulement du vin, sans doute?

— Merci pour les compliments; Madeleine est là?

— Chez ma mère.

— Ah. Génial.

— On dirait que ça ne va pas fort... Tu travailles dur?

— Tu viens d'en prendre conscience?

— Pourquoi tu es toujours sur la défensive? Qu'est-ce qui ne va pas, au travail?»

Je lui adresse un sourire triste. Il y a encore des moments où Stéphane et moi nous comprenons sans un mot.

« Un élève, c'est ça ?

– Oui. Un élève. »

X
JE SUIS CHARLIE

L'attentat du 7 janvier 2015 a bouleversé la rentrée. Au lycée, nous répétons aux élèves que ce qui était pour eux une notion de manuel, la liberté d'expression, a été saignée à blanc. Les pancartes « je suis Charlie » ont fleuri sur les sacs à dos, les tee-shirts, les murs Facebook. Tandis qu'on se demande à droite et à gauche quelle couverture ont prévu les dessinateurs survivants, je pense à la signification de cette phrase : « Je suis Charlie. » Je l'ai affichée sur mon propre mur. Je suis Charlie. Un siècle plus tôt, nous aurions dit « nous sommes Charlie », mais aujourd'hui, c'est une somme de « je » qui manifeste, des « je » collés les uns aux autres, des « je » qui revendiquent leur individualité, en même temps que leur droit à la parole. À moins que ce « je » ne soit le soudain cri d'un même corps, qui amputé d'un membre, hurle de douleur en même temps qu'il proclame qu'il n'est qu'un.

J'ai conscience que mon rôle est de rassurer les élèves ; j'ai beau les mettre en garde contre les dérives, tout en affirmant la gravité de la situation, ils sentent, en note de fond, mon désarroi. Nous échangeons sincèrement ; en classe, face à la stupeur commune, je réalise que ce «je» désigne bien un tout organique.

«Je n'ai pas peur de le dire haut et fort, je suis Charlie», clame Olivier au téléphone. Au moment où je te parle, je traverse la place de la République… Je suis triste, mais je n'ai pas peur.

– Pour qui devrais-tu avoir peur? Pour toi?

– Quel cynisme…

– Olivier, c'est la liberté d'expression qui est attaquée à travers le meurtre de ces personnes. Ce sont elles qui ont perdu la vie, et avec elles une part de nous, mais *ta personne* n'a rien à voir là-dedans. Il ne t'arrivera rien. Tu comprends?

– … Tu es Charlie aussi.

– Comme tout le monde. »

Que répondre d'autre? Même le Pédant a perdu sa langue. Mais le cours des choses a tragiquement donné raison à Olivier; dix mois plus tard, plus d'une centaine de personnes trouve la mort dans un nouvel attentat.

Léa, la nourrice de Madeleine, se passe en boucle les infos. Je l'ai trouvée prostrée sur le canapé, fiévreuse. Elle se mordait la lèvre au sang. «Qu'est-ce qu'on va devenir», a-t-elle soupiré. J'ai répondu que je ne savais pas. Je porte Madeleine jusqu'à son siège-auto, bénissant l'innocence de ses trois ans et me demandant quel monde se prépare pour elle. Nous déjeunons chez mon ex-belle-mère. Enfin, *Madeleine est invitée.* Je suis autorisée à l'accompagner.

Stéphane et Carine sont là depuis une heure. Ils ne m'ont pas attendue pour l'apéro. Steph propose à Carine de s'occuper de la petite pendant qu'il va faire un tour avec moi. Carine accepte d'un hochement de tête, elle est sûre d'elle, jamais jalouse, et une vague d'animosité me monte à la tête.

«Attends… La France est à feu et à sang, douze personnes sont mortes, onze blessées, la liberté d'expression est réduite à néant, et toi, tu me racontes que tu es amoureuse d'un élève?

– Oui.

– Tu t'en fiches, de ce qui se passe autour de toi, de ta petite personne protégée?

– Non.

– Et tu pleurniches!

– J'ai le droit d'être triste.

– Triste de quoi? Triste pour quoi? Tu perds la tête ma pauvre… C'est inouï comme tu peux être sotte. Sors de ton conte de fées, mets-toi au boulot, occupe-toi de ta fille, regarde les infos, oublie *Allô Nabilla*, ton vernis et *les Reines du shopping*. Tes élèves n'attendent pas de toi que tu tombes amoureuse, après ce qui s'est passé, ils ont besoin que tu les mettes en confiance, que tu sois lucide et leur donne espoir.

– … C'est toujours mieux que des insultes.

– Pourquoi je t'insulterais?

– Parce que c'est mon élève. Il a dix-huit ans.

– Que ce soit ton élève ou ton proviseur, je m'en fiche. Qu'il ait dix-huit ou quarante-deux ans, je m'en fiche. Mais tu n'as pas le droit de pleurnicher.

– Je n'ai pas le droit de tomber amoureuse? Toi, et Carine…

– Si tu veux, et tant que tu veux. De larmoyer, non. Tu n'en as pas le droit, pas en ce moment. »

Je me tais. Nous terminons notre promenade en silence, têtes baissées. Je shoote dans quelques cailloux pour me donner une contenance.

Pendant notre absence, Sylvie a dressé la table. Carine sert le champagne; on boit à la santé des futurs mariés. Il est question de la robe que portera la petite demoiselle d'honneur. Madeleine a des exigences qui m'étonnent; elle veut de la dentelle bleue, une traîne, des bijoux. On encourage ses caprices. Je ronge mon frein, souriante, et je sens mon cœur se serrer à la pensée que les autres avancent, et que moi, je me complais dans un chagrin d'amour qui n'existe pas. C'est égoïste, je sais. Et ne suis-je pas responsable de ma mauvaise humeur? Freddie, il était très bien, ce Freddie… alors pourquoi je sabote mes chances d'avancer, moi aussi? Qu'est-ce qui m'empêche de me remarier, d'avoir un nouvel enfant? Mais nul ne m'enflamme, et je culpabilise de ne plus m'enflammer pour personne. Enfin, Julien. À la seule évocation de son nom, c'est comme si toute la vie qui s'était retirée de moi revenait en concentré à la vitesse d'un arsenic dans mes veines. *Je sentis tout mon corps et transir et brûler.* Trembler.

« Sarah, c'est la troisième fois que je te pose la question. Un café?

— Pardon, ah, non merci Sylvie.

— Je te trouve absente ces temps-ci… dit-elle en me jetant un de ces regards corrosifs dont elle a le secret. Stéphane pense que tu as des problèmes au travail; tu veux en parler?

— Rien de spécial. Beaucoup de boulot, c'est vrai, mais tout est normal. Je suis juste fatiguée.

— Si tu le dis. »

Le regard se fait plus acide. Je sais qu'elle est en train de deviner. Elle ne m'adresse plus un mot le restant de l'après-midi. Carine et moi échangeons des banalités sur les soldes, on évite la conversation Charlie Hebdo, ordre de Sylvie, parce que «ça monte à la tête». En ce cas, le silence est d'or.

Madeleine montre des signes de fatigue. Il est temps de lever l'ancre. Sylvie allonge de jour en jour son cérémonial des embrassades avec elle.

«Si tu es mal à l'aise, me glisse-t-elle en nous raccompagnant, tu n'es pas forcée de suivre Madeleine… Stéphane viendra la chercher. Tu comprends, il y a ma belle-fille maintenant… Carine. Enfin, tu fais comme tu veux. Je dis ça pour toi.»

Elle m'explique à sa façon que je n'ai plus de place dans cette famille et ferais mieux d'en disparaître.

«Ne t'en fais pas. Tu as toujours eu le don de mettre à l'aise.»

J'esquisse là-dessus un sourire que j'espère détestable.

«Et vraiment, j'insiste, si tu as des ennuis au travail, tu sais que je suis une oreille discrète et attentive. J'ai du flair.

– Merci. Pour cela, je suis bien entourée.»

Sur le trajet du retour, Madeleine demande ses chansons pour enfant alors que j'écoute les dernières informations concernant les attentats. Je me tape *il pleut il pleut bergère* en boucle. Cette chanson que l'an dernier je lui passais pour son plaisir sans y prêter attention me semble à présent d'une mélancolie terrible. De nouveau, le point d'angoisse dans la gorge, la difficulté à penser, à respirer. Les sueurs.

«Tu ne veux pas changer de chanson, Madeleine?

– Non.

– Tu es sûre?

– Oui!»

Cette angoisse, alourdie par les événements, dure tout le lundi. Le soir Clothilde nous invite, Caroline, Sandrine, une collègue du lycée voisin, et moi, à manger des crêpes. Clothilde et Sandrine viennent de Normandie. Elles ne connaissaient personne dans la région. C'est une amie qui mis Clothilde en contact avec un certain Philippe, vieux célibataire, qui lui a loué son grenier une quinzaine de jours, le temps qu'elle trouve un appartement. Elle a appris son affectation la veille pour le lendemain ; je n'ai pas à me plaindre. Je lui ai demandé si elle n'a pas eu peur que Philippe soit un pervers. Elle m'a dit qu'elle ne s'était pas posé la question, parce qu'elle n'avait pas le choix. Elle a préparé ses premiers cours à la lueur d'une ampoule clignotante, porte close, tandis que les pas de Philippe résonnaient dans le grenier. Tous deux ont gardé de bons contacts et en remerciement, elle l'invitera au restaurant. Nous passons un bon moment. Ce sont trois jeunes femmes fraîches et pleines d'humour, Caroline surtout. Sandrine, grande séductrice, a beaucoup d'anecdotes de cœur à raconter. On s'amuse. J'apprécie Clothilde pour sa douceur et sa gentillesse. Il est difficile dans ces cas de ne pas parler boulot ; j'ai une classe en commun avec chacune. Les tenues excentriques de Gildas et les costards VRP de Thibault amusent Caroline. On parie, quel mélange Gildas va-t-il oser la prochaine fois ? Nous avons eu droit à la casquette gangsta et au trois-pièces doré. Peut-il faire pire ?

« Les premières ES1 sont agités, mais agréables », me dit Clothilde.

J'ai le cœur qui bondit. Elle l'a. Elle le connaît.

« On a une bonne tête de classe ; Antoine, Justine, Mathieu…

– Oui, ils sont très gentils, poursuit distraitement notre hôte qui se débat contre une crêpe rebelle.

– Et… Julien, il est bien aussi. Julien.

– Comment ?

– Julien, tu sais, le… le garçon qui… »

La crêpe se soumet à l'huile bouillante.

«Ah, oui, Julien, le garçon bouclé, un peu métis?

– Oui.

– Oui oui, très gentil aussi.»

La soirée se termine avec quelques blagues sur Woltran, le collègue cinglé. «Dis-moi, a-t-il demandé à Clothilde après l'avoir enfermée dans son placard, y a-t-il un trait d'union entre "trait" et "d'union"?» Malgré trois verres de vin blanc, je n'y suis plus. Et si je leur avouais? Que diraient-elles? Et comment le dire…? Je me sens furtivement usurpatrice. Ce sont deux collègues ouvertes, bien au travail, sérieuses, investies, de jeunes profs modèles comme on en rêve, tandis que de toute ma personne suinte cette ivresse intoxiquée. Nous prenons congé, car le lendemain nous attend une grosse journée. Je me surprends à penser : je le vois, et je veux être belle.

Je sais que je ne dormirai que trois heures. Je sais que je ne trouverai pas le sommeil parce je l'imaginerai près de moi, contre moi, j'imaginerai la brûlure de ses lèvres sur ma peau offerte; viens, viens, je râlerai, ne serrant rien, ne serrant que mes draps, moi-même. Nous nous retrouverons de part et d'autre du bureau. Rien ne trahira le désir, si ce n'est, peut-être, nos pupilles dilatées.

XI

TRACES DE CRAIE

Les conseils de classe du second trimestre arrivent à la mi-février. Les vacances de Noël passées, nous attaquons la pente descendante de l'année. Les élèves s'agitent ou dorment. Florian Ostrevski reprend l'habitude de sniffer sa colle, Alice Marset tague la table, Samir El Fassi aborde les voisins de droite et de gauche. Difficile de raccrocher les premières à *Belle du Seigneur*; je leur rappelle qu'ils ont leur conseil ce jour, mais les considérations tragiques de Solal sur les relations hommes femmes ne leur font ni chaud ni froid.

Je rejoins Clothilde dans le hall. Nos moyennes respectives nous déçoivent. C'est le fameux coup de mou de l'hiver, stressant, car le bac approche et nous n'avons que dix lectures analytiques sur la vingtaine obligatoire.

« Une classe prometteuse en début d'année, qui s'est laissée aller, annonce la prof principale. Des élèves posent problème et je crains pour leur avenir. Il y a un manque de travail et du relâchement dans le comportement. Qu'est-ce que vous en pensez? »

Nous parlons à tout de rôle. Clothilde est satisfaite de son groupe, curieux et actif. Je suis également contente de la dynamique de classe malgré la retombée post-Noël et quelques comportements immatures. On en vient à ce que les équipes pédagogiques nomment le cas par cas, exercice qui consiste à dresser un bilan pour chaque élève, et dont le nom, j'ignore pourquoi, m'évoque une ambiance de procès. La liste démarre justement sur un cas, Adrien Bernard. Élève passif, huit virgule neuf de moyenne générale, qui n'envisage pas le redoublement. On hésite à le lui proposer. La prof principale explique qu'elle a rencontré les parents, mais « il n'y a rien à faire ». Nous passons plus rapidement les dossiers suivants ; des élèves qui fonctionnent, disposés à progresser en dépit de leurs faiblesses.

« Julien Hadji »

Clothilde regarde le tableau des moyennes qu'affiche le vidéoprojecteur, je suis rassurée ; elle n'a pas perçu l'once d'un tremblement.

« Un excellent élève, vraiment, rien à redire, que des compliments… résume la professeure principale. Des résultats remarquables, il est motivé, il…

– Pardon, moi j'ai quelque chose à dire. »

J'ai dû parler plus fort que de coutume. Ou bien, c'est parce que j'ai coupé la parole à ma collègue que la proviseure me jette cette œillade réprobatrice.

« Madame, oui ?

– Julien a de grandes qualités, mais je trouve qu'il donne son avis avec un peu trop d'aplomb. »

Il y a un blanc. Je ne rêve pas, un blanc.

« Étrange, dit la CPE, qu'est-ce que vous en pensez, Madame Frances ?

– Avec moi, dit la prof principale en me fixant, il n'a *pas du tout* ce comportement. »

Les collègues de renchérir. Julien Hadji est un élève modèle qui n'a jamais prononcé un mot plus haut que l'autre. On allait clore ce débat, j'en conviens, stérile, lorsque l'un des deux délégués vient à mon secours.

«Excusez-moi, si je peux rajouter quelque chose… C'est vrai qu'en cours de français, Julien est très différent. Il est… Il est libéré.»

C'est le mot qu'il a employé, libéré, je m'en souviens. Je sens une vague gêne de la part de l'équipe pédagogique tandis que Clothilde me dévisage, surprise. Mon parti est pris. Je parlerai à Julien.

Nous sortons du conseil fatigués. Clothilde est contente, la classe semble apprécier son travail et, à mon grand soulagement, nous n'avons pas mentionné l'épisode Julien. Je me rends compte qu'elle est à mille lieues de s'en douter. J'avais cru lire de la surprise sur son visage ; ça n'était qu'une illusion.

Je vais chercher Madeleine d'humeur radieuse. Je lui accorde le droit de dormir avec moi et nous visionnons le début des *Aristochats*. Un coup de fil d'Ophélie me remet les pieds sur terre.

«C'est certain, me dit-elle, tes collègues se doutent de quelque chose. Sois prudente! Il faut que l'on déjeune ensemble un de ces jours… Moi aussi, j'ai besoin de décompresser.»

Ophélie enseigne en collège. Pour en être passée par là, je peux affirmer que c'est un travail harassant. Madeleine s'assoupit, je termine l'introduction à la poésie lyrique pour les secondes.

Le conseil de classe a porté ses fruits. Les premières ES redeviennent les élèves modèles qu'ils étaient en début d'année. Nous prenons en lecture analytique la fin de *Belle du Seigneur* ; Ariane et Solal s'apprêtent à mourir. Je montre la dimension ironique et pessimiste du passage, et Julien me dit qu'il n'est pas d'accord avec moi. « Je ne suis pas d'accord avec vous », il dit ça ainsi, oui, et sa démonstration du contraire tient la route. Je suis à la fois agacée, sidérée et séduite. Douleur du besoin d'être à lui, là, immédiatement, réprimé. « Vous, vous viendrez à la fin de l'heure », dis-je d'une voix que je veux la plus atone possible, et cependant glaciale ; Julien a fait la tête le restant du cours. Je poursuis sans y penser. Quelques minutes plus tard, nous sommes tous les deux seuls dans la classe. J'aime le contact avec mes élèves et quand l'un d'eux a envie de discuter à la fin d'un cours, ou que je le sollicite pour rester, l'échange se fait facilement, même lorsqu'il s'agit de donner une punition. Le tête-à-tête ne m'a jamais gênée, et ne les a jamais impressionnés, je crois. Là, je m'assois et je reste sans voix. Je regarde Julien debout devant moi, je le fixe, j'imprime la courbe de sa bouche entre-ouverte, la longueur de ses cils, la boucle tombant sur son front dans ma mémoire. Cette inspection le met mal à l'aise. Il ne sait pas quoi faire de ses mains, il avale sa salive. Je ne sais combien de temps s'est écoulé avant que je ne parle.

« C'est bien de participer. Mais il faut rester poli. »

Il marque un silence.

« Je reste poli, Madame. Parfois je ne suis pas d'accord avec vous, c'est tout.

– Vous en avez le droit, mais dites-le sagement. Vous avez tendance à me couper la parole, à parler à tort et à travers et ça ne me plaît plus, voilà. »

Il y a une chaise devant lui, je me souviens, ses mains sont crispées sur le dossier, si fort que ses jointures sont blanches.

« Pardon. Je ferai attention. »

Je lui adresse un sourire, indiquant que l'entretien est terminé. Le sourire de conclusion, que les élèves comprennent. Julien reste. Je me lève et je ne trouve pas les mots pour le congédier. J'ai enfilé mon manteau, il est encore là, et soudain il pose ses doigts sur mon bras, esquisse ce qui ressemble à une caresse, je ne sursaute pas, je ne bouge pas, je lui lance un regard apeuré.

« Excusez-moi… Vous aviez des traces de craie… Sur votre veste. »

Mes yeux croisent les siens, je me rappelle que nous avons échangé un sourire puis je lui ai dit « allez, partez ». Je crois. Je me suis rassise. Il a fermé la porte. Ce qu'il s'est passé ensuite, les minutes, les heures d'après, je ne saurais le dire.

J'aime tant la littérature, mais je pense que les plus beaux moments sont ceux où nous n'avons plus besoin de mots. À cet instant que j'ai vécu Julien, cet instant-là, que tu m'as fait vivre, le fluide de mon existence est devenu bleu électrique. La seconde où j'ai rencontré mon premier amour. La seconde où j'ai vu pour la première fois mon enfant sorti de mon ventre. La seconde des traces de craie effacées sur mon manteau noir. Rien de plus fort depuis n'est venu soulager la brûlure de ton geste.

Oh, mon Dieu, mon Dieu, me dis-je en quittant le lycée à grandes enjambées, tandis que j'ignore les saluts du Pédant. Il l'a compris et je ne pourrai partir sans lui dire… Lui dire… L'idée auparavant m'horrifiait. L'acceptation m'a fait honte. La crainte de le quitter me terrifie.

J'ai songé à un moyen concret de lui avouer à la fin de l'année. Parce que j'avais lutté, l'intérêt que je lui manifestais s'était mué en attirance attendrie. Je pensais que l'occasion de lui parler seul à seul, en juin, se représenterait. Oui mais je lui dirai quoi? «Restez à la fin du cours… Voilà, j'aimerais que nous restions en contact Julien…» Non. Trop risqué. Si l'oreille d'un collègue traînait, s'il le racontait le soir à un copain… Je n'ai jamais eu peur d'exprimer mon ressenti et les déclarations ne m'effraient pas. C'est le mutisme qui me fait peur. Il me reste quatre mois pour réfléchir.

Comment, moi qui m'étais fait un point d'honneur à tuer ce sentiment, puis-je me faire à présent un point d'honneur à le lui dire? Entre le danger et le désir, je pèse le pour et le contre. L'urgence est de ne pas mettre mon travail en péril. Quelque chose qui ne laisse pas de trace. Mais quelque chose. Je ne *peux plus* partir dans le silence.

Je demande conseil à mes proches. Mélanie me dit que je suis folle et m'exhorte à enterrer cette idée. Olivier prône la méthode des pieds dans le plat. Stéphane n'en a rien à foutre, c'est un gamin et il attend patiemment que je passe cette seconde crise d'adolescence. Ophélie pense que si l'envie est mutuelle, il n'y aura plus de questions à se poser. J'agace Stéphane au téléphone, il craque.

«Eh oui, JE, JE, JE. Tu es la spécialiste! Toi, tu le veux, et sa volonté à lui ça te passe au-dessus de la tête… De toute façon c'est un gosse, je m'en fous, c'est un morveux qui dépend du salaire de ses parents, enfin si ça te va! Je souhaite bonne chance au petit.»

L'incompréhension est venue de toutes parts. Mon entourage pensait à une attirance passagère; Mélanie me rappelle à la raison:

« Rappelle-toi quand on était au lycée, déjà, on trouvait les garçons de la classe très cons… Tu imagines l'écart qu'il y a avec toi maintenant ? Je me demande ce qui te prend. »

C'est vrai. À seize, dix-sept ans, je n'éprouvais qu'indifférence pour mes camarades masculins. À travers mes yeux d'adolescente elle-même immature, ils étaient bébés, bêtes. Je ne leur adressais pas plus la parole qu'ils ne me l'adressaient. Nous vivions sur des planètes différentes et l'amour ne m'intéressait pas. Longtemps, il ne m'a pas intéressée.

Olivier commence à manifester son impatience. Le côté transgressif de cette histoire lui plaisait, mais là, il sent que j'éprouve de véritables sentiments et c'est stupide.

« Tu es une jolie femme, tu pourrais te taper tous les plans culs que tu veux… Et Freddie, il ne te plaît pas ?

– Si ; là ça ne me dit rien.

– Un type formidable, merde ! Il a l'argent, le style, la disponibilité… Tu es trop conne. Vraiment trop conne. »

D'ordinaire, le franc-parler d'Olivier ne me déplaît pas. C'est sa marque de fabrique, qui aujourd'hui me débecte.

– … Mais regarde-toi, regarde-toi bon sang, de quel droit tu me dis ça ? Tu es vulgaire, donneur de leçons, mais qui es-tu pour te permettre ça ? Hein ? »

J'ai hurlé. Il répond avec un calme olympien :

« Reste dans ton trip, parfait. Si tu avais couché avec lui au moins… Mais tu n'es même pas capable de prendre ça.

– Toi, on ne t'appelle que pour ça. »

Je suis remontée contre le tout le monde et je sens qu'une partie du tort vient de moi. Le travail me bouffe aussi ; je deviens irritable, je crie sur les élèves. Les petites provocations de certains me mettent hors de moi, et l'ironie dont je sais faire preuve cède le pas au premier degré. C'est à qui aura le dernier mot. Il est temps que la semaine s'arrête. Ce dimanche, je vais déjeuner chez mes parents, qui n'aiment pas beaucoup me recevoir.

«Toujours pas de fiancé?» demande ma mère.

Mes parents jugent qu'à partir d'un certain âge, les enfants ne peuvent se présenter que s'ils sont accompagnés de leur conjoint. C'est un duo qu'on accueille, un couple. Une personne seule, cela ne fait pas sérieux. Ça ne compte pas vraiment.

«Un petit effort, Sarah… Tu ne peux pas rester célibataire, on nous pose des questions…»

Olivier leur ramène chaque fois une femme différente, si ce n'est deux à la fois. Ils s'en accommodent bien; l'essentiel, c'est qu'il ne vienne pas seul.

«Tu sais que Stéphane va se remarier?

— Oui maman, je sais.»

Madeleine a droit au jeu des ressemblances. Son père? Sa mère? Les grands-parents?

«Elle a le long nez de Stéphane, sinon, c'est de chez nous, aux trois quarts, tranche ma mère. Et quand est-ce que tu *nous* en fais un deuxième?

— Demandez à Olivier.

— Ah… Voilà mon vœu le plus cher.

— Eh bien, qu'il s'exauce.»

Ils espèrent de lui un enfant qui leur ressemblerait à sang pour sang, comme dit Johnny dont ils sont fans.

«Et la fille qui garde Madeleine, tu en es contente? Sylvie nous a raconté qu'elle avait oublié deux fois de lui donner son bain…

– Moi j'en suis très contente.

– Pourquoi tu ne la laisses pas à ton ex-belle-mère? C'est méchant de la priver de ce plaisir…»

J'inspire. Garder mon calme.

«Parce que, maman, Madeleine est ma fille et si j'ai choisi Léa c'est que j'ai de bonnes raisons…

– Tu es drôlement égoïste. Tu n'étais pas comme ça, avant.

– Maman, s'il te plaît, je suis fatiguée par mon travail, cette garde alternée m'inquiète, plein de choses ne vont pas ces temps-ci… Si moi je suis méchante, sois gentille. Garde tes réflexions pour toi.»

Elle grommelle qu'elle ne me comprend plus, je termine mon dessert à la hâte.

«Pourquoi tu te presses?

– Des copies à corriger. Du travail.»

C'est faux. Je n'ai simplement aucune envie de m'attarder. Mes parents embrassent leur petite-fille, nous partons.

J'ai reçu trois appels manqués. Le Pédant donne une conférence sur Chateaubriand, il a besoin d'aide pour préparer la salle. Je suis priée d'être au lycée à sept heures quarante-cinq.

XII

COLLE

L'échéance du bac approche. Nous sommes en mars et sur les vingt-cinq lectures analytiques prévues, douze sont terminées en première. La catastrophe.

Je me mets dans tous mes états pour un oui ou pour un non, à tel point que je permets à Stéphane, sa Carine et sa mère de récupérer Madeleine en semaine. Mon eczéma repart. Il faut me prendre avec des pincettes sans quoi je deviens folle.

« Douze lectures, ah oui tu es à la bourre, me dit le Pédant. Mets la gomme… »

Je ne suis pas seule à péter un câble. Woltran a enfermé Clothilde dans son placard. Il lui a annoncé qu'il était célibataire. Elle lui a expliqué en douceur qu'ayant un fiancé, elle ne pouvait succomber à son charme. L'anecdote m'a amusée. J'y repense en préparant ma séance sur André Gide. Je tape le cours à toute allure, la radio et la télé à fond. La station passe une chanson de Vanessa Paradis qui m'agace, c'est la troisième fois de la journée. Je n'y prête plus garde.

Je ne réponds plus aux appels, pas le temps de converser, le supermarché et la boulangerie deviennent ma sortie hebdomadaire. Je ne cède plus aux sirènes des magasins de fringue, moi qui aime tant traîner là-bas…

Face aux élèves, je me montre sereine. Ils savent que nous sommes en retard mais il ne s'agit pas de les angoisser ; je fais preuve de souplesse, quoique certains n'aient pas la tête au travail. Je réprime mes mouvements de colère.

Le comportement de Julien Hadji a le don de me mettre sur les nerfs ces temps-ci. Je me demande si cela vient de moi. Parce qu'il m'a semblé digne d'intérêt personnel, j'ai sans doute surestimé ses facultés d'attention et son degré de maturité. Il multiplie les « je ne suis pas d'accord », je prends sur moi, et je pense que s'il continue au prochain cours, je ne le raterai pas.

J'interroge la prof principale :

« Qu'est-ce que tu penses des premières ES1 en ce moment ?

– Insupportables. »

Sa réponse me rassure. Je m'octroie le droit de laisser André Gide entre parenthèses une heure ou deux, et de flâner dans les magasins. C'est trop triste de ne sortir que pour les courses.

Au supermarché, la caissière, me voyant débarquer avec un sac de vêtements, me somme de l'ouvrir et vérifie si je n'ai rien volé. J'explose.

« C'est comme ça que vous fidélisez les gens ?

– Je suis désolée, Madame, la règle…

– Je suis désolée, Madame, vous avez perdu une cliente. »

J'ai conscience que ma réaction est disproportionnée. Qu'importe. Je ne rencontrerai plus cette caissière à tête de fouine. Une poisse n'arrive jamais en solitaire. La robe qui m'allait très bien dans les glaces de la boutique me maigrit, et j'ai perdu le ticket d'échange. Évidemment. Moi et ma manie de n'acheter que des fringues chères…

Je me couche sans avoir relu mon cours sur Gide. Quand je le présente le lendemain, je ne suis pas convaincue moi-même et je m'emmêle les pinceaux. Julien reprend son « je ne suis pas d'accord », je lui balance qu'il est collé, deux heures, parce que je l'avais averti et il a continué à me chercher. C'est furieuse que je le prie de rester à la fin de l'heure. Quelle différence avec la dernière fois…

« Si vous vous excusez, on oublie. »

Il me lance un œil noir. Il refuse, ne comprend pas pourquoi. En fait, il ne répond même pas. Je note « deux heures » sur la feuille de retenue et songe sottement que mes chances de lui plaire sont anéanties. Je m'en veux de penser à ça.

« Deux heures, ça vous laisse le temps de faire une dissertation. À demain. »

Il est parti. Je reste seule dans la classe, hébétée, et soudain je m'écroule sur le bureau. Le surmenage, la fatigue, la tristesse. Je me souviens que Caroline a cours ici, derrière moi ; je sors de ma léthargie et plie bagage.

De retour à la maison, j'envoie un texto à Ophélie, Mélanie et Lise : « *Besoin urgent de décompresser. Une virée à Paris ?* » Ophélie : « *Oui. Le week-end d'après ?* » Moi : « *Parfait.* » J'inspire, j'expire. Ne penser à rien, me remettre au travail.

Dans le paquet de seconde B, quelques bonnes copies me remontent le moral. J'oublie ma fatigue et le malaise des heures de colle se dissipe. Je réfléchis à ce qui m'a perturbée. Ce n'est pas le fait d'avoir eu à sanctionner Julien, non. Je crois que c'est sa réaction. Cette façon, disons-le, idiote de me tenir tête, et qui m'a rappelée que je suis une adulte face à une personnalité en construction. Je suis une autorité contre laquelle on se braque. J'ai l'impression que mon affection est fondée sur une illusion, et qu'elle s'écroulera. Tant s'en faut.

Je retrouve Julien le lendemain et les tressaillements habituels se manifestent. Il boude. Sa gaminerie me choque, et m'attendrit. Je ne lui accorde aucune attention ; au bout d'une semaine, il reprend son cours en note, il participe, et me sourit. Mon attachement pour lui redouble. Mon désir aussi. Vivement que je sois délivrée. Libre de te dire que tu me plais à tel instant, que je veux passer plus de temps à tes côtés, que l'heure de cours ne me suffit pas, parce qu'il y a tant de détails à observer, à aimer.

Dans trois mois et demi, ce sera quitte ou double. Trois mois, si l'on enlève les vacances de printemps… Allez, je sais que je serai lâche, que je n'arriverai pas à lui exprimer, que je tremblerai pour mon boulot, au fond, j'ai trouvé ce prétexte… Cette manie de vouloir aller au bout des choses. De ne vouloir que l'absolu. Ou rien. *Moi je veux tout, tout de suite, et que ce soit entier, ou alors je refuse*, dit l'Antigone d'Anouilh. C'est ça. Quand ai-je compris que je ne voudrais plus reculer ? Au fond, depuis le début.

Un appel de Stéphane interrompt mes réflexions. L'histoire des hématomes, à l'école de Madeleine, a eu des répercussions. Certains parents s'imaginent qu'elle est battue. La rumeur enfle. Madeleine fait l'objet de remarques, de curiosité, elle ne peut plus supporter pareille tension. Je suis estomaquée.

« Mais… Mais je ne comprends pas, elle ne m'en a pas dit un mot !

– Tu ne t'aperçois pas qu'elle ne te dit plus rien ? Ouvre les yeux ma pauvre fille !

– Mais…

– Carine et moi avons saisi que quelque chose n'allait pas. Elle s'est confiée à nous. Nous allons entamer des démarches pour la changer d'académie.

– La changer de…. Vous auriez tout de même pu m'en parler!

– T'en parler, pourquoi? À l'entendre, tu n'es pas un modèle de patience et de tendresse avec elle, ces temps-ci… Il est prévu que nous emménagions du côté d'Orléans l'année prochaine, nous l'inscrirons là-bas.

– Hein? À Orléans? Mais pourquoi?

– Pour le travail de Carine.

– C'est à deux cents bornes d'ici!

– Justement.

– Et vous croyez que je vais vous laisser faire ça?

– Absolument.»

Je lui raccroche au nez. Je sais que contre Stéphane, sa mère et Carine, je ne ferai pas le poids. Je me réveille soudain. Agir. Vite. Mon académie est grande, en jouant sur les vœux intra[2], il m'est possible d'obtenir un poste plus proche de Madeleine, en attendant le rapprochement parent-enfant de l'année d'après. Grâce à mes quatre ans d'expérience, mon divorce et mon enfant, j'ai un nombre suffisant de points pour changer de zone de remplacement l'an prochain et intégrer Orléans l'année d'après. Ils ne m'auront pas. Ils ne me démoliront pas. Dans quelques jours, les demandes de vœux intra seront ouvertes. Et que m'importe de vivre ici ou à Orléans? On ne peut pas dire que j'aie de bons rapports avec ma famille, et en dehors de Madeleine, je n'avais aucune véritable attache. Mon mariage est parti à vau-l'eau, emportant nombre de mes relations, et mes meilleurs amis ne vivent plus là. Bon, d'accord, il y a Olivier. Je pense que je

---

2. Vœux intra-académiques : liste de postes que peut demander un professeur à l'intérieur d'une académie.

pourrai me passer de temps à autre de lui. Et, je le reconnais, j'éprouve un soulagement mêlé d'un pincement au cœur en songeant que je n'aurais plus aucune chance de revoir Julien. L'année prochaine, il ne sera qu'une passade, une fantaisie qui m'a prise à l'aube de la trentaine. Je me remariai, sans doute. Oui… Je l'aurai oublié.

Le vendredi soir, je jette mon cartable au placard et je boucle mes valises pour Paris. Mélanie, qui a repris son poste en Angleterre, ne peut nous accompagner. Ophélie a obtenu deux places pour le *Don Giovanni* de Mozart mis en scène par Haneke. Je suis séduite par la transposition de l'action à la Défense moderne. Nous allons nous balader à Saint-Germain-des-Prés, au musée d'Orsay, à l'Orangerie. On évite les discussions « boulot ». Les élèves d'Ophélie sont difficiles. Nous somnolons dans le train, parce qu'on s'est levées à cinq heures.

Cela fait plusieurs jours que je n'ai pas fermé l'œil. Mes nuits sont dignes d'un *Horla* de Maupassant. Je peine à m'endormir sous l'influence du désir. Je culpabilise. Je fixe le cadran de mon réveil qui affiche insolemment trois heures du matin. Je fais des rêves emplis de corps-à-corps et de sueur, il m'arrive de me réveiller en nage, sursautant, et je m'aperçois que mon lit est une vraie baignoire. On pourrait penser que je serais gênée le lendemain matin, que dis-je, quelques heures plus tard. Pas le moins du monde. J'assure mon cours, je suis bien en classe, c'est le seul lieu où je parle de ce qui compte. Je m'attarde longtemps sur Julien. Quand il ne le voit pas. Je me dis que ces dialogues muets vont me manquer.

En dépit de l'avalanche de soucis qui m'est tombée sur la tête, je pense à lui. Je souffre et je suis heureuse de penser à lui.

Qu'est-ce que tu fais, Julien ? À cette heure ? Aujourd'hui ? Je jette un œil à la baie vitrée, c'est la nuit, des lumières brillent aux immeubles d'en face. Toi, je sais que tu habites un peu plus loin, de ce côté. Es-tu chez toi ce soir ? T'arrive-t-il de penser à moi ? Tu penses à moi, Julien ? Je me rafraîchis le front contre la baie vitrée, je ne vois pas que je suis en train de pleurer.

Je sens que mon attirance est partagée. Je me demande jusqu'à quel point. Plutôt, jusqu'à quel point j'ai partagé la sienne, car c'est lui qui m'a provoquée. Provoquée, c'est le mot. Avec la part de jeu qu'il comporte. La part de jeu qu'un adolescent ne sait pas encore maîtriser. Je sais, oui, que ça l'amuse, c'est, comme on dit, « dans la nature des choses », et moi je suis l'erreur de la nature des choses. Je suis sensible au jeu. Perméable. Et cette perméabilité à tout ce qui vient de lui, les « je ne suis pas d'accord », les sourires, la manière de tenir son stylo, la main dans les cheveux, la gêne, l'innocence qui est le revers du jeu. Prends-moi. Oui, tu sais, comme tu en rêves. Dans la classe. Plus une parole. Une nouvelle fois, seuls ; si tu me touches, je ne résisterai pas. L'envie de caresser les boucles brunes, quand tu parles ; est-ce qu'elles sont vraiment dures à coiffer ? Au milieu de la classe désaffectée, je suis à toi, déjà, quand je te regarde à la dérobée, quand je prends le risque de planter mes yeux dans les tiens une seconde de trop. Tu le sais ?

XIII

PRINTEMPS

21 mars. Je m'en souviens, oui, c'est le 21 mars. Je suis certaine d'obtenir ma mutation pour me rapprocher de Madeleine ; ce lycée ne me déplaît pas, mais je préfère être près de ma fille et quelque chose me dit que je dois en partir. Le printemps commence. Je porte encore mon manteau gris, je trouve qu'il ne me va pas bien, ce manteau-là, mais il convient pour la saison. Tiède et maussade. Un parfum de fin d'année, léger, baigne dans l'air.

On remarque du relâchement chez les élèves, on arrive sans son matériel, on veut prolonger les intercours. Un relâchement mêlé de tension croissante pour ceux qui préparent le bac. Les retards s'accumulent. Je ne me paye plus le luxe de donner des devoirs surveillés et je privilégie l'exercice à la maison, et les pompes sur Internet qui vont avec... Il y a la cohorte des élèves qui me prennent pour une bille en recopiant texto des travaux d'universitaires ; il y a les élèves Wikipédia, et les élèves copier-coller, plus malins, qui fournissent des devoirs patchworks, en ajoutant quelques fautes histoire de se la jouer sincère. C'est d'un tel ridicule que je préfère en rire. Ce genre de copie, en début d'année, valait un zéro offusqué et parfois une convocation des parents. Mais ce sont les mêmes qui recopient, bêtement, les expressions *axe paradigmatique*, *protase* et *apodose*, en étant, bien sûr, incapables d'en donner une définition.

Le 21 mars, donc, vers cinq heures, je marque une pause dans un paquet de ce genre pour faire les magasins sur un coup de tête. Hier, j'ai trouvé ma garde-robe vilaine et répétitive. Après une recherche infructueuse en ligne, je décide d'aller plutôt visiter les commerçants du quartier. Je me souviens que mon sac jure avec le gris de mon manteau. Ça m'énerve. Je devais être en train de penser à ça en croisant Julien, j'ai à peine réalisé que c'était lui, et le sang pulse dans mes veines, fort, il a commencé battre presque avant que je ne l'aperçoive. Nous avons eu cours ensemble le matin. Chaque fois que je rencontre un élève alors que je suis en courses, nous échangeons un « bonjour », ou bien, soyons honnêtes, nous faisons semblant de ne pas nous reconnaître. J'hésite à le saluer, attendant qu'il le fasse. Au lieu de cela, il dit à son ami, assez fort pour que je l'entende, assez bas pour rester poli : « Qu'elle est belle. » La seconde d'après, je ne suis pas certaine d'avoir compris. Les pulsations augmentent, et d'un coup, je me sens d'humeur à sauter partout, à courir, oui, c'est *de moi* qu'il parlait, c'est *à moi* qu'il parlait, et je me répète : « Tu es belle, c'est vrai, il a bon goût, il a raison ! » Mon sac ne jure plus avec la couleur de mon manteau. Je marche d'un pas gai ; on me sourit. Je suis sûre de moi, tout à coup, je me trouve jolie. Je crois que je suis rentrée les mains vides. C'est sans importance. Ma garde-robe n'est pas si terne, non, et puis tout me va bien.

Regarde, comme tu es belle, je dis à voix haute en me déshabillant, en me caressant, et je songe de nouveau, avec une pointe de tristesse, que la beauté, quand elle n'est pas partagée, se perd. Seule à la maison, je me promène souvent nue. La température de ces jours-ci, quoique fraîche pour la saison, le permet. À moins que ce ne soit cette sorte de fièvre. Que je sache, cela n'a jamais gêné mes voisins ni mon mari avant l'arrivée de Madeleine. « Ne montez pas tout de suite, disait parfois Stéphane aux visiteurs, Sarah est à poil. » « Et ça t'amuse ? Ça te fait rire ? », répondait Sylvie qui chez nous se croyait chez elle et prête à être servie à toute heure. Stéphane disait que ça lui plaisait bien, d'ailleurs Sylvie s'imagine toujours que nous avons lié connaissance sur un camp de nudistes, parce qu'au début, il lui avait raconté ça en riant. Il n'a pas démenti l'information.

J'existe dans le souvenir de ces futilités, dans la projection des choses à naître, jamais dans le présent. J'imagine ce que je pourrais vivre avec Julien. *Ce sera comme quand on a déjà vécu/Un instant à la fois très vague et très aigu...* Ce serait le kaléidoscope de Verlaine. Cela prend la forme d'émotions violentes. Je pense au baiser que je lui aurais donné s'il m'avait dit, directement, « tu es belle », et si j'avais pu lui répondre, « je ne peux plus me passer de toi ». Je pense à l'intimité profonde qui aurait suivi. Son sourire qui laisse entrevoir les dents, le trait d'intelligence vive. Sentir ta peau contre ma peau, ta langue et la mienne, étroite et sublime intimité. Oui, c'est vrai, quand je te regarde à la dérobée, en classe, le désir me liquéfie. J'éprouve un besoin originel d'accueillir ton corps, la fleur s'offre, épanouie. Elle t'attend. Les paroles d'Olivier me reviennent. *Qu'elle est bonne la prof de français, j'ai trop envie de me la taper. Tu y vas, des avances bien explicites.* La haine sur les sites. Les commentaires baveux, les « elle a dû, ils ont dû », salissant l'amour, méprisant le désir. Ces femmes qui écrivent des choses que je n'aurais pas même imaginées, et qui me traitent de perverse. Ces femmes si loin de Verlaine. Je crois qu'Olivier est moins dégueulasse qu'elles. Je pense d'ailleurs que je n'ai pas eu de ses nouvelles depuis longtemps, et je lui envoie un texto. Je suis de bonne humeur. Il répond, laconique : *« Salut. Ce soir, que tu le veuilles ou non, dîner avec Freddie. »* C'est une idée qui lui est passée par la tête. J'accepte.

« Freddie aura une petite demi-heure de retard », dit-il en dosant minutieusement ses cocktails derrière son bar branché.

Je comprends qu'il veut me parler en tête-à-tête.

« Comment va Ophélie ?

– Ophélie ?

– Oui, ta copine !

– Heu… eh bien écoute, très bien. Mais… tu t'intéresses à Ophélie maintenant ? »

Je n'en reviens pas.

« Et pourquoi pas ?

– C'est pour ça que tu m'as demandé de venir ?

– Pas seulement, non !

– Tu… es vraiment sérieux pour Ophélie ?

– Pourquoi je ne le serais pas ?

– Parce que… parce que c'est mon amie, enfin tu fais vraiment fort cette fois !

– Et c'est ta propriété ?

– Tu me donnes des leçons, tu m'infliges des rendez-vous avec des types qui n'ont rien à me dire, tout ça pour mettre en douce la main sur Ophélie ? Et Freddie, c'est encore un plan foireux que tu…

— Non, non, attends! Non, Freddie c'est vraiment en pensant à toi... Parce que ça n'avance pas, l'histoire du gamin?

— Je n'aurais jamais dû te parler de ça.

— C'est si triste qu'une jeune femme reste seule, Sarah. »

Il m'énerve avec Freddie, sa grossièreté et son penchant soudain pour Ophélie. Mais je le sens sincèrement soucieux.

« Tu es gentil. Freddie a des qualités ; il ne m'intéresse pas, c'est tout. »

Freddie arrive pile-poil une demi-heure plus tard. Ponctuel dans son retard. Nous dépassons vite les premières politesses, quoique nous ne nous soyons pas vus depuis longtemps. Il a une assurance décontractée qui me séduit mais ne me touche pas. Je fais bonne figure, parce qu'Olivier se donne vraiment du mal pour moi. La soirée me paraît pourtant longue. Freddie et Olivier discutent de leurs voyages respectifs et je m'ennuie. Leurs road-trips au Chili, en Islande ou en Nouvelle-Zélande ne me parlent pas le moins du monde. Freddie, qui est galant, s'en aperçoit et détourne la conversation sur Jack Kerouac.

« Elle adore Kerouac, ricane Olivier, et pas les road-trips...

— Disons qu'il me convaincrait mieux que toi de tenter, je réplique.

— Elle a toujours la tête dans les bouquins, poursuit Olivier à l'adresse de Freddie, comme si je n'étais pas là. C'est le célibat, ça...

— Mais non, mais non, elle est cultivée, voilà tout », dit Freddie en souriant.

Je comprends qu'il n'en pense pas moins et que mon silence lors du récit de son assommant road-trip n'a pas joué en ma faveur. Preuve, il s'en va à onze heures.

«Oui, je me lève tôt demain… prétexte-t-il. C'était sympa, cette soirée. À refaire!»

Mon frère attend qu'il ait fermé la porte et soupire :

«Tu as été catastrophique.

– Je sais. Je m'en fous.»

J'allume sa chaîne hi-fi, cette nuit un concert de Nirvana est rediffusé à la radio et je ne voulais pas le rater.

«Et Madeleine, crie Olivier par-dessus la musique, tu ne l'as pas aujourd'hui? On est en semaine pourtant!

– Il y a eu un nouveau scandale des hématomes… Stéphane et Carine la reprennent. Ils déménagent tous les trois cet été.

– Hein? Et tu les laisses?

– Tu crois que j'ai le choix?»

Il me fait signe de baisser *About a girl*.

«Olivier, je ne suis pas à l'aise avec ça. Je n'ai pas envie d'en débattre.

– Ça me scotche, que tu les laisses te voler ta fille… L'avantage c'est que tu auras plus de temps pour toi. C'est chiant un gamin, il ne faut pas se leurrer, et une séparation te sera bénéfique… Tiens, tu ne me contredis plus?

– Tu sais qu'on n'a pas le même avis sur les enfants. Et puis, il est possible que je ne sois pas une bonne mère. On clôt le chapitre, tu veux bien?

– Comme tu voudras.»

On termine le cocktail que Freddie a goûté du bout des lèvres.

De retour à la maison, je travaille mon cours sur la dissertation, pour me donner bonne conscience. J'ai manqué trois appels du Pédant qui me «convie» à une sortie culturelle de fin d'année. Clothilde a envoyé un message. Il est prévu que nous allions nous balader en bord de Seine. Je ne sais pas quoi dire au Pédant, car un refus équivaudrait à une déclaration d'hostilités. On remet tout ça au lendemain, je soupire, consciente que je ne pourrai échapper à la sortie culturelle.

Ce jeudi, le temps n'est pas au beau fixe, mais hors de question d'annuler la balade en bord de Seine. Seule Caroline, qui a une affaire personnelle à régler, n'a pas pu venir. Nous marchons sous une pluie fine et tiède. Mes baskets prennent l'eau. Je réalise que j'aime beaucoup ces filles, qu'elles appartiendront dans ma mémoire à cette époque fiévreuse. Je suis les conversations mais cette promenade a la consistance d'un rêve. Peut-être est-ce le temps brumeux. Ou cette pluie, presque tropicale. Je reste plutôt silencieuse en balade, j'ai la sensation que mes idées avancent au rythme de mes pas. Cette marche à trois a quelque chose d'intime et de réconfortant, c'est simple, et tellement plus agréable que le dîner d'Olivier, où je n'avais plus la force de flatter l'ego de Freddie. C'est là que j'ai songé, je crois, à parler de Julien. Chacune à leur manière, Caroline et son humour juste et franc, Clothilde et sa douceur, Sandrine et son parler chaleureux, m'inspire confiance. Je ne sais pas ce qui me bloque. Ce n'est pas de leur réaction dont j'ai peur. La mienne ?

J'ignore par quel bout commencer, si je dois faire une déclaration solennelle, les surprendre, ou y aller sur le ton de l'anecdote. Il est question des relations entre profs et parents d'élèves, Clothilde raconte une conversation avec un couple qu'elle a croisé dans la rue. J'embraye, quelle aubaine, sur les élèves que l'on rencontre en dehors du lycée. Ceux qui viennent nous parler, rares, ceux qui se contentent d'un bonjour, et ceux qui ont brusquement un appel à passer lorsque la fuite est impossible. Et les comportements qui dérapent. «Avant-hier, vous savez, un élève m'a abordée dans la rue…» Je suis sotte et empruntée. «Ça m'est arrivé aussi, ne t'inquiète pas», répond Sandrine. «Signale-le à la vie scolaire, conseille Clothilde, même s'il est gentil, on ne sait jamais. Il doit rester à sa place.» Je me sens de plus en plus bête. Heureusement nous changeons de sujet et ma gêne s'estompe. Le soir tombe, rose, un soir de vrai printemps. Malgré mes pieds trempés, j'ai la tête dans les nuages. Il y a longtemps que je n'ai pas ressenti une telle sérénité.

Le vendredi s'annonce léger ; mes premières sont dispensés de cours, car ils présentent leurs TPE, et j'ai donné un devoir à toutes mes secondes afin de disposer d'un maximum de notes avant la fin de l'année.

Madeleine, qui se montrait agressive avec moi ces derniers temps, et moi impatiente avec elle, est toute mignonne. Elle ne réclame plus Disneyland en tapant du pied. Nous partageons le plaisir immense et évident d'être ensemble. Je crois que, manquant de tendresse maternelle, elle a exprimé sa frustration par des caprices à répétition. Nous déjeunons chez mes parents qui comme à leur habitude m'exaspèrent. «Madeleine a bien grossi et bien grandi», répètent-ils à l'unisson comme si la vertu suprême de l'enfance consistait à grandir et grossir.

Un SMS d'Hervé Di Grassi me rappelle à une autre des obligations : *Bonjour, Sarah, comment vas-tu ? Tu te souviens du voyage pédagogique dont je t'avais dit un mot ? Il faut que tu me donnes ta réponse le plus rapidement possible. Bise.* » Je ne peux échapper à mon sort. «*Bonjour Hervé, merci pour ton invitation, je viendrai. À demain.* »

Contre toute attente, Freddie m'a laissé un message vocal, il souhaite que nous nous revoyions. Je lui dis un grand oui.

XIV

BAC

Je croyais mes chances anéanties avec Freddie et c'est pour cette raison égoïste que son invitation m'a séduite. Il m'apprécie pour ce que je suis. N'ayant rien à perdre, je suis franche.

« Tu sais, Freddie, je te trouve agréable… vraiment agréable. Mais quand tu parles de voyages et tout ça, ça me gonfle. Je ne crois pas qu'on s'entendrait dans le fond.

— Et alors ? Encore heureux, je n'aime pas que les voyages. Je ne suis pas Olivier, à mon âge, j'aimerais construire ma vie et tu sais que tu me plais.

— Même si je n'aime pas les voyages ?

— Surtout si tu n'aimes pas les voyages. »

Un court instant, j'ai eu envie de l'embrasser.

« J'aimerais te voir plus souvent, Sarah. »

Je lui souris, parce que je ne trouve rien d'autre à dire.

« Je ne suis pas à ton goût ?

— Si… Si Freddie.

— Il y a autre chose ? Quelqu'un d'autre ?

— Il y a autre chose. »

La perspective de commencer une liaison avec Freddie m'inspire du découragement. Tisser le lien, apprendre à l'aimer me semble un travail insurmontable. Cela ne vient pas de lui, mais de moi.

« Je comprends. Après tout ton divorce est récent. »

Je suis satisfaite qu'il prenne les choses ainsi, cela m'évite de m'expliquer.

« Oui. »

Malgré tout, nous passons un agréable repas.

La période des oraux blancs débute, j'ai besoin d'oxygène. Je laisse Madeleine à Stéphane le week-end, consciente que nous nous sommes éloignées l'une de l'autre, et pressentant que cette nouvelle séparation pourrait être le coup de grâce, je culpabilise, mais mon besoin de solitude domine.

J'ai étalé les oraux blancs de mes premières de fin avril à début mai. La coutume veut que les collègues qui s'attellent à cette tâche échangent leurs élèves. J'ai exprimé le souhait de garder les miens, c'est l'occasion de faire le point sur les difficultés de l'année avec certains et de tous les connaître en tant qu'individus. J'assure ces oraux en plus de mes heures de cours. Julien doit présenter le sien le 2 mai à 17h30. Pur hasard – ou arrangement inconscient –, il est le dernier du jour ; nous pourrions échanger sans être bousculés par le candidat suivant. À propos de quoi ? Je ne sais pas.

Je confie les textes les plus durs de l'année aux meilleurs élèves pour les tester et réserve l'un des plus difficiles à Julien, un extrait de *Djinn* d'Alain Robbe-Grillet. Je lui donne sa feuille sans un mot ; il pousse un soupir. Pendant qu'il prépare son exposé, j'interroge l'avant-dernier candidat sur « Sensation » de Rimbaud. C'est une bonne prestation : il n'a pas de question sur l'épreuve. Je suis de nouveau seule dans la classe avec Julien, et ne sachant pas comment m'occuper, je l'examine au travail. C'est un plaisir adorable et coupable, je guette ses signes d'impatience, amusée, visiblement le texte lui donne du fil à retordre. «Venez», lui dis-je au milieu de sa préparation, car le temps imparti est arrivé à terme. Je suis prête à l'écouter, ce moment est primordial pour les élèves et, quelles que soient les circonstances, je mobilise toute mon attention. Mais sa crispation me sidère et me trouble moi-même. Il fait très chaud ce jour-là, nous sommes installés à proximité des vitres brûlantes, et la sueur coule sur ma nuque, entre mes seins. Les trois premiers boutons de sa chemise sont ouverts, je me rappelle avoir jeté un bref coup d'œil sur l'échancrure. Par curiosité, comme on soulève la couverture d'un livre pour en découvrir l'histoire, mes yeux s'arrêtent sur l'interstice entre la chemise et la peau. Lui aussi transpire. La goutte qui perle à la naissance de sa poitrine m'émeut. Que c'est touchant que c'est naturel, la fleur qui s'ouvre lorsqu'il passe une main sur sa poitrine, oubliant de lire son texte, lorsqu'il se recoiffe les cheveux, trépigne légèrement. Le feu dans le ventre qui réclame d'accueillir à cris sourds.

Il ne paraît pas satisfait de son explication, décevante il est vrai. Durant l'entretien, son manque d'assurance m'étonne encore. Il répond «je ne sais pas», ou «je ne sais plus», le regard fuyant, la voix basse et tremblée. J'affiche la neutralité bienveillante de rigueur. Je veux ignorer la chaleur qui se répand dans mon ventre, être tout ouïe à ce qu'il me dit, ignorer la proximité physique, les vitres brûlantes, et la pensée incessante que trente centimètres séparent ma main de la sienne, trente centimètres, ce n'est rien du tout, c'est interdit.

«Dîtes, vous n'avez pas oublié quelque chose?

– Quoi ?

– Vous ne voyez pas ?

– Non ?

– La lecture.

– Ah… oui.

– Vous pouvez faire tellement mieux, dis-je avec une pointe d'amertume.

– Vraiment ? »

Je ne sais pas s'il répond ça pour se donner une contenance, ou parce qu'il est réellement incrédule. Moi-même, j'ignore comment réagir ; nous n'avons pas la conversation d'égal à égal, de personne à personne que j'attendais. Il s'en va, vexé, je crois, par sa performance médiocre.

Ça ne sera pas possible. Voilà ce que je me suis dit. D'accord, je vais changer d'établissement, il est majeur. Mais non, ça ne sera *jamais* possible. Un garçon que je note, qui répond par monosyllabes en tête-à-tête *ne pourra pas*, un mois plus tard, devenir mon amant.

C'est sur ces pensées que je m'en retourne chez moi, il était le dernier candidat de la journée. La chaleur intenable dans la salle de classe est agréable dehors ; lumineuse, on se sent comme dans un bain. J'ai le ventre bouillant d'émotion. Oui, qu'il était touchant, touchant et beau, que le désir est beau quand il n'est pas conscient, quand il est là, subi, évident. Les trente centimètres qui séparaient ma main de la sienne. Le geste pour la prendre, réprimé. La chaleur de l'été approchant, la chaleur des entrailles, à nulle autre pareille…

Le nombre de séances avant la fin de l'année se compte sur les doigts d'une main. Presque. Le lycée étant centre d'examen, nous serons priés d'évacuer les lieux à la mi-juin. Les premières terminent plus tôt, une semaine de révision leur est accordée. J'ai sollicité la direction et l'administration afin de donner quelques cours durant cette semaine banalisée : demande refusée. On me rappelle que mon descriptif doit être prêt fin mai. Je dois également vider mon casier en prévision du retour de l'enseignant que j'ai remplacé cette année. Il est membre du noyau formé par les vieux collègues qui font la pluie et le beau temps – surtout la pluie – au lycée. Ils commencent à ne plus me dire bonjour, après tout je me casse d'ici quelques semaines. Le Pédant, en revanche, redouble de sollicitude. Oui, oui, le voyage. Oui, je viens bien sûr, c'est gentil d'avoir pensé à moi. Je prépare donc ce voyage, les descriptifs et les derniers cours. Après… il faudra penser au déménagement, et j'espère garder Madeleine le mois d'août. Tes préoccupations, Julien, sont si loin des miennes ; tu penses à réussir ton bac, mais c'est la perspective des vacances qui t'enchantent, l'été, s'amuser, les amis, les jeunes filles… Que restera-t-il dans ta vie du dense désir éprouvé le 2 mai 2015 à dix-sept heures ? Qu'en restera-t-il, le 6 juillet, le 13 juillet, le 24 juillet, en août, l'année prochaine et celle d'après ? Et dans la mienne ? Il est mélancolique de songer qu'il ne subsistera nulle part au monde, plus jamais, une trace de cette envie de prendre la main, à trente centimètres. Et qu'elle était intense. Mais le monde n'enregistre pas ces détails-là. Il roule. Il avance. Il amènera un été, une année scolaire suivante, que j'assurerai devant de nouveaux visages, et devant quelqu'un qui occupera la même place que toi, sur la rangée de droite, côté fenêtre, au fond. Il amènera tout ça. Et ça se passera.

Je me demande tout à coup ce qu'il adviendra de moi l'an prochain. Je dis, ce qu'il adviendra de moi, comme si je n'étais plus maîtresse de ma propre vie. Nous suivons tous un fil conducteur, invisible, et ce chemin est tellement familier qu'on ne s'en rend même plus compte. Mais il arrive que le fil se perde. S'embrouille. Qu'il y ait un imprévu, aussi minuscule soit-il. Et alors on s'aperçoit que les jours, les semaines, les mois, n'ont en réalité aucun lien, aucune cohérence, que nous ne sommes rien sans ce fil, rien que des êtres sans projets, c'est-à-dire, personne. Je ne pourrais dire le jour, l'heure où j'ai perdu mon fil. Bien sûr, je pense en avoir une idée. Je sais que sur l'instant je ne l'ai pas senti. On ne le sent pas. C'est plus tard, trop tard. Quand j'aurai atteint l'apaisement, il me faudra donner un sens aux derniers mois vécus, trouver la seconde où j'ai lâché le fil, faire le trajet à l'envers. Me retrouver, récupérer la Sarah perdue en cours de route, la maman de Madeleine, la Sarah enjouée, souriante, amoureuse de la littérature. Pourquoi les tremblements, la voix hésitante, la goutte de sueur m'ont touchée en plein cœur ? Ce doit être cette innocence qu'un livre ne m'offrira jamais. Je suis entourée d'hommes prétentieux sans raison, qui s'écoutent parler, calculent leurs chances de parvenir à leurs fins, le taux de leur désir, qui prennent un recul glaçant face au sentiment amoureux. Ils décident du temps où ils vont courtiser, désirer, aimer. Ce sont tous des héros de roman de gare. Je me rends compte que je les méprise, d'être sottement maîtres d'eux-mêmes, de mettre des noms sur leurs relations, des échelles de valeurs. Ils jugeraient certainement mon sentiment idiot, et je les dédaignerais de le juger idiot. Moi qui vivais en calculant tout, qui excelle dans l'art de cette maîtrise, qui étais la reine de ces gens méprisables, j'admire Julien de trahir son désir au mauvais moment, au mauvais endroit. Qu'elle me manquera, cette fraîcheur. Sublime fraîcheur.

« *Voyage à Paris : il faut qu'on se voie pour faire le point.* » Le message de Di Grassi me remet les pieds sur terre. Je réponds avant d'oublier.

Le cours du lendemain pour les secondes n'est pas finalisé, mais j'y mettrai une part d'improvisation. Les premières sont ma priorité. La dernière séquence est à peine démarrée, le descriptif n'est pas prêt. C'est une question de semaines.

Je suis de plus en plus tendue avec Madeleine, et je reconnais que les jours où je la récupère, elle est livrée à elle-même. Dans mon dos, elle a relooké les murs du salon au feutre fluo. Je lui hurle dessus. Même en frottant avec du white spirit, les traces ne s'effacent pas, et cet été, il y aura un état des lieux. Madeleine devient dure, insensible. Elle qui pleurait à la moindre contrariété soutient mon regard en colère, je lui assène : « Tu ne chouines pas ? Tant mieux ! » J'ai aussitôt honte de ma méchanceté. Je tends les bras pour la câliner. Elle me refuse. « Eh bien c'est ça, reste ! » Nous devions regarder la suite du *Livre de la jungle*, commencé le week-end d'avant. Penchée sur mon descriptif, j'oublie, et je n'en ai pas envie. Je travaille fébrilement, m'arrête le temps de coucher Madeleine, et reprends pour une partie de la nuit. Pendant que je travaille, je ne vois plus le dernier jour, sinistre et cynique, s'avancer à pas de velours, celui qui séparera ma route de celle de Julien. Au fond, je n'ai jamais voulu le voir, j'y croyais à moitié, comme à une mauvaise blague. Et viendra le matin où je lui dirai adieu, sans qu'il ne le sache. Je m'étais juré de le contacter à la fin de l'année. Oui, bien sûr, j'ai peur du râteau, mais surtout, je crains que cela se finisse en néant. Que je n'ose plus, que je n'aie plus l'envie ni l'impulsion, que je demeure sans réponse. Que tout cela ait été un rêve. Que j'en aie la confirmation.

Plus que trois semaines !

Plus que deux semaines !

Plus qu'une semaine !

Me dis-je, en te regardant une dernière fois à la dérobée, en me rivant à ton regard. Je veux que tu sentes mon envie de mêler mes lèvres aux tiennes quand tu me parles, elle est si forte, tu dois bien la sentir ; tu m'interroges sur Stendhal ou Zola, je ne sais plus lequel, je ne me souviens que de tes yeux qui se sont attardés un peu trop haut, un peu trop bas.

Julien, ne m'oublie pas.

XV
FIN

Il est arrivé, le dernier jour.

Je me suis levée dans un mélange de soulagement, de stress et de tristesse. J'ai deux heures avec les premières, une heure avec l'une de mes secondes. Ça me semble irréel. Non, c'est impossible, lundi, je pousserai à nouveau la porte de la classe… Les derniers cours, les dernières copies, les préparations au bac et le descriptif m'ont tant épuisée que je n'ai rien prévu pour ces dernières heures. Les élèves auront quartier libre.

En faisant une dernière fois l'appel, je m'aperçois que Julien n'est pas là. En réalité, je m'en étais rendu compte dès l'entrée en classe, mais je prends vraiment conscience que je ne le verrai plus jamais, que les routes, ça y est, se sont séparées, en écrivant «absent» sur cette petite feuille rose. Adieu, les interventions brillantes et intempestives, le beau et lent sourire, le regard dilaté, la main dans les cheveux bouclés. Adieu, c'est horrible! Il valait peut-être mieux que ce soit maintenant, me dis-je avant de donner le change devant les élèves.

Clothilde et Caroline viennent nous rendre visite. Elles n'ont pas dû comprendre ma raideur. Je me suis montrée peu avenante.

«On va boire un verre en fin de matinée? demande Clothilde.

– Oui, oui, si vous voulez.»

Je rudoie les élèves qui sont incapables de rester calmes et ont besoin de lâcher la pression. Ma présence ici n'a aucun sens. Nous ne travaillons pas, je n'arrive pas à obtenir la moindre attention. Cela ne m'importe plus. J'ai cependant plaisir à parler avec Justine, qui a beaucoup aimé la littérature cette année. Vérité ou élégance, elle me dit : «*on* trouvait le cours très intéressant». C'est une jeune fille sérieuse, mature, nul doute qu'un beau parcours l'attend. Mais j'ai lâché la conversation lorsqu'on a frappé à la porte. C'était lui, je le savais.

«Pardon pour le retard, Madame.

– Alors, qu'est-ce qui vous est arrivé? Où est-ce que vous étiez passé?»

Je suis mortifiée. Il rentre, il s'en fout, je bouillonne de colère contre moi-même, contre ma réaction idiote. Justine me lance une œillade étonnée. La fin de la dernière heure sonne, j'aurais presque préféré que Julien ne vienne pas du tout, qu'il ne ternisse pas l'image que j'avais de lui. Les élèves s'en vont en laissant la salle sens dessus dessous. La mortification cède le pas à la colère quand j'en suis réduite à ramasser un à un leurs bouts de papier.

«Madame, vous avez besoin d'aide?»

Julien est entré sans frapper. Je lui dis oui, simplement oui et nous faisons le ménage ensemble. Deux de ses amis, que j'appréciais beaucoup, et qui me manqueront, viennent nous porter assistance à la fin.

« Merci.

– De rien Madame. Bonnes vacances à vous. »

Je suis des yeux sa silhouette qui s'éloigne dans le couloir. Jusqu'à ce qu'elle ne soit plus qu'une forme qui dévale les escaliers. Les secondes arrivent, et restée sur une impression positive, je me montre plus patiente. Je suis également heureuse d'échanger avec deux d'entre eux, Lara et Gildas, qui, je l'ignorais, a fui un pays en guerre et n'a pas eu de nouvelles de ses parents depuis plusieurs années. L'aplomb et le courage de ce jeune de dix-sept ans me scotchent. Il est incroyable. Je quitte cette salle de cours pour la dernière fois de ma vie. J'aurais aimé y laisser aussi toutes les émotions que j'ai tues.

Je m'en vais en me répétant que c'est fini. Je marche comme un automate ; c'est fini ; certes, il y aura les corrections du bac, mais je suis en vacances. Libre. Cette année que j'avais appréhendée est finie. Je m'attendais à toutes les difficultés, sauf à ce qui m'est arrivé. Une page se tourne, en septembre, je serai ailleurs, je ferai valoir mes droits de garde. Madeleine et moi nous sommes éloignées ces derniers mois, par ma faute ; j'ai tant à rattraper avec elle.

Je décline l'invitation de Clothilde. J'ai besoin de solitude cet après-midi. C'est quand je plonge dans le bain que je m'effondre en sanglots. Mais comment ai-je pu laisser s'infuser ces sentiments sans issue ? Comment ai-je pu rester passive, inerte même, comment ont-ils pu s'infiltrer en moi avec cette violence ? Je ne pense plus à rien, je ne suis plus que frustration, colère et écœurement. Je prolonge mon bain jusqu'à ce que l'eau soit glacée.

Il faut terminer ce qui est commencé. Je n'ai pas pris le temps de me sécher ; je cours à la recherche du dossier des premières dans mon placard à documents. Je retrouve ces fameuses fiches de renseignements que l'on donne pour mieux connaître les élèves. La fiche de Julien. Nom, prénom, classe précédente, lectures, date de naissance. Et numéro personnel. Il est là. Je l'ai. Vas-y, me dis-je, avant de me décourager. Je tape d'une traite : « *Julien, je suis triste de vous quitter. Vous allez beaucoup me manquer l'année prochaine ; si vous le souhaitez aussi, j'aimerais vous revoir.* » Avant d'appuyer sur « envoyer », je vérifie que je n'ai pas destiné mon message à Di Grassi. Non, c'est le bon numéro. J'éteins le portable, maintenant, je n'attends plus. Je l'ai fait. Je n'aurai pas de regrets.

Mon estomac crie famine. Je n'ai rien avalé depuis hier soir. Je dévore trois paquets de gâteaux à la chaîne, affalée sur le canapé, toujours nue et mouillée. J'ai le trac mêlé à un sentiment d'impatience, comme à une veille de rentrée, et besoin de marcher. La canicule commence. Je me dirige vers le café, en sueur, où Clothilde, Caroline et Sandrine sont étonnées de me rencontrer.

« Finalement, tu es venue !

– Oui ! »

Je suis à deux doigts de leur dire. Non. C'est encore mon histoire, dont j'attends la suite. J'ai soudain peur que ce message envoyé sur un coup de tête ne soit ridicule, qu'il me prenne pour une folle, le montre à ses copains. *Mais qu'est-ce que j'ai fait ?* Trop tard. Une fois, deux fois, j'hésite à allumer le téléphone. Je cède à la tentation. Olivier et Ophélie m'ont écrit. Stéphane aussi, qui me demande à quelle heure je viens chercher Madeleine. Rien d'autre. Je suis à la fois déçue et soulagée.

À la maison, je ne tiens pas en place. Il faut que je m'occupe de bêtises, je trie les cours à garder pour l'année prochaine, car j'ai appris que je serai de nouveau en lycée. Je jette un œil aux prix des logements de la ville où j'enseignerai. Je ne parviens pas à me concentrer. Les séries bidon qui passent en après-midi ne fixent pas mon attention. Je mets la radio, je passe l'aspirateur dans le salon impeccable.

Quinze heures trente, c'est bientôt l'heure de récupérer Madeleine. Promis, je lui consacre ma soirée sans regarder le téléphone jusqu'au moment du coucher. Je prépare un gâteau au chocolat et aux smarties, son préféré. Je range sa chambre. Elle a rasé sa poupée et dessiné son autoportrait sur un mur, je n'avais pas remarqué. Je suis passée à côté de tout. Pas une fois je n'ai compris la souffrance qu'elle a endurée à passer d'un parent à l'autre, puis à sa grand-mère, puis à la nourrice. Ce à quoi elle s'est adaptée du haut de ses trois ans. Ce à quoi elle a renoncé. Je lui ai imposé mon rythme de vie en me centrant sur mes questionnements égoïstes, mes caprices. Je pensais être une bonne mère. Je l'ai été, je crois.

Toutes les deux, nous allons commencer une nouvelle vie, me dis-je. Oui, maintenant, cela est derrière moi… Nous serons heureuses. Parce que je l'ai décidé, pour elle et pour moi. J'en étais là de mes réflexions, dans ma voiture, quand mon téléphone a vibré.

IMPRESSION : BOOKS ON DEMAND, GMBH
NORDERSTEDT, ALLEMAGNE
DÉPÔT LÉGAL : OCTOBRE 2018